KB080313

오늘을 열심히
살아야 하는 이유

오늘을 열심히 살아야 하는 이유

초판 1쇄 인쇄일 2020년 03월 15일
초판 1쇄 발행일 2020년 03월 22일

지은이 이윤배
펴낸이 양옥매
디자인 임진형
교 정 임수연

펴낸곳 도서출판 책과나무
출판등록 제2012-000376
주소 서울특별시 마포구 방울내로 79 이노빌딩 302호
대표전화 02.372.1537 **팩스** 02.372.1538
이메일 booknamu2007@naver.com
홈페이지 www.booknamu.com
ISBN 979-11-5776-861-5(03810)

이 도서의 국립중앙도서관 출판시도서목록(CIP)은 서지정보유통지원 시스템
홈페이지(http://seoji.nl.go.kr)와 국가자료공동목록시스템
(http://www.nl.go.kr/kolisnet)에서 이용하실 수 있습니다.
(CIP제어번호 : CIP2020009188)

오늘을 열심히 살아야 하는 이유

· 글 이윤배 ·

책과나무

차례

첫째 마당
—
순리대로 살아라

둘째 마당
—
인생에는 정답이 여럿이다

셋째 마당

—

세 가지만 버려라

넷째 마당
—
믿는 대로 된다

머리말

한 장의 편도 차표를 달랑 손에 쥔 채, 세상에 온 사람들은 태어나는 순간부터 죽음을 향해 달려갑니다. 그리고 사는 동안 수없이 많은 우여곡절을 겪습니다. 근심 걱정 때문에 밤잠을 설치기도 하고, 분노와 증오 때문에 괴로워하기도 하고, 실패 때문에 쓰디쓴 좌절을 맛보기도 합니다. 그리고 때로는 작은 행복에 즐거워하기도 하고, 어느 날 나도 모르게 슬며시 찾아온 행운에 희망찬 환희의 찬가를 흥얼거리기도 합니다.

그뿐만이 아닙니다. 높은 산을 바라보며 세상을 살아가고 깊은 물을 바라보며 인생을 살기도 합니다. 그런데 우리는 높은 산에 오르는 방법을 이미 알고 있고, 깊은 물을 건너는 방법도 충분히 잘 알고 있습니다. 다만, 깊은 계곡이 싫어 산에 오르려 하지 않고, 깊은 물이 두려워 강이나 바다를 건너려 하지 않을 뿐입니다. 그러면서도 우리는 산이 높다 원망하기도 하고 물이 깊다 탄식하기도 합니다. 산 정상에 오르기 위해서는 험난한 계곡을 지나야 하고, 깊은 바다와 강을 건너기 위해서는 사나운 물살을 지나야 하는 것은 당연한 순리이자, 이치인데도 말입니다.

그런데 태어난 모든 사람에게 한평생의 시간은 공평하게 주어졌지만 사는 모습은 제각각입니다. 그 까닭은 한평생을 살면서 어떤 선택을 하느냐에 따라 인생의 길흉화복이 갈리기 때문입니다. 어떤 이는 끊임없이 현명하고 지혜로운 선택으로 아름답고 행복한 삶을 살아갑니다. 반면 어떤 이는 늘 잘못된 선택으로 불행하고 고단한 삶을 삽니다. 그런데 그 선택이란 것이 그다지 어려운 일이 아닙니다. 왜냐하면 그 사람이 어떤 마음으로 어떤 선택을 하느냐에 전적으로 달려 있기 때문입니다. 긍정적인 마음으로 긍정적인 선택을 하면 긍정적인 일이 일어납니다. 그러나 부정적인 마음으로 부정적인 선택을 하면 부정적인 일이 일어납니다. 그런데 많은 사람이 부정적인 사고와 선택에 더 많이 익숙해 있습니다. 그래서 늘 삶이 팍팍하고 혼자만 불행하다고 느끼며 좌절하고 절망하고 맙니다.

그런데 정상을 꿈꾸면서, 그리고 성공을 바라면서 어찌 실패를 두려워하는 것입니까? 더구나 시도도 해보지 않고서, 그리고 최선도 다하지 않고서······. 따라서 성공한 인생을 살고 싶다면, 멋진 인생을 살고 싶다면 마음만 먹지 말고 일단 행동으로 옮기십시오. 과감히 시도하십시오. 시도하지 않는 꿈은 한낱 몽상이나 망상에 불과할 뿐입니다. 어리석은 자들은 꿈만 꾸다 꿈을, 목표를 포기하고 말지만, 현명한 자들은 꿈을 곧바로 행동으로 옮깁니다. 그리고 어느 날, 성공의 달콤함을 맛봅니다. 이런 까닭에 지금 삶이 조금 힘들고 버겁더라도 과감하게 도전하십시오. 힘든 일은 다 지나가고 당신의 꿈은 결국 이루어질 것입니다.

이 책은 아름다운 토막글에 필자의 정성과 마음을 담은 것입니다. 따라서 언제 어디서든 아무 페이지나 펼쳐서 마음의 양식으로 삼으십시오. 실패로 인해 좌절하고, 꿈을 잃어버린 독자들에게 마음의 지침서가 될 것입니다. 한 번뿐인 인생, 후회 없이 멋지게 살다 떠나야 하지 않겠습니까?

끝으로 책 출판을 위해 물심양면으로 수고해 주신 '책과 나무' 임직원 여러분께 심심한 감사의 말씀을 전합니다.

2020년 2월 강원도 홍천에서,

이 윤 배 씀

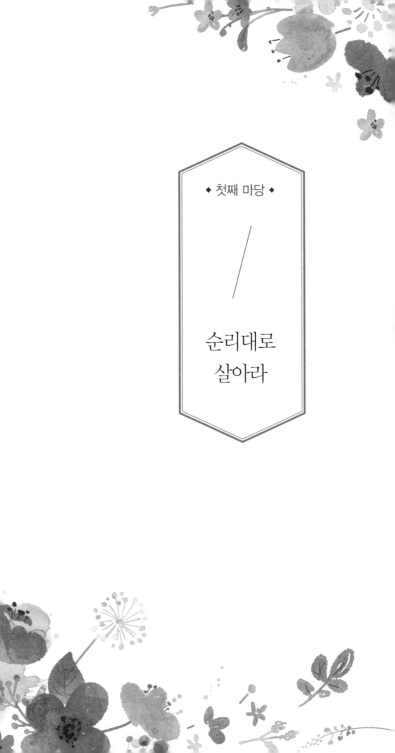

◆ 첫째 마당 ◆

순리대로
살아라

오늘을 열심히 살아야 하는 이유

우리가 제대로 살아 보고자 함은
제대로 죽기 위한
간절한 염원의 또 다른 모습이다.

내 삶이 아무리 소중하다 해도,
그리고 길다 해도
한 찰나도 안 되는 죽음의 순간으로
내 삶은 정리되는 것이다.

내가 오늘도
이렇게 열심히 살아가는 이유는
죽을 때 빙그레 미소 한 조각 짓기 위한
잠재적 염원은 아닐까?

최복현, 『특별한 내 인생을 위한 아름다운 반항』 중에서 인간은 올 때도 자의지(自意志)로 온 것이 아니며, 갈 때도 자의지로 갈 수 없는 운명을 타고난 부조리한 존재입니다. 그런데 인생을 살다 보면 때로는 삶이 송두리째 흔들리기도 하고, 다시 일어서지 못할 정도로 깊은 절망의 수렁에 빠지기도 합니다. 그러나 한 가지 다행스러운 것은 수많은 고비가 닥쳐오더라도 사람은 의외로 회복력이 빠르다는 것입니다. 그리고 호사다마(好事多魔)라고, 비 갠 하늘 위로 일곱 빛깔 무지개가 뜨듯 시련 뒤에는 더 큰 행복이 찾아온다는 사실입니다. 이것이 바로 당신이 오늘을 열심히, 최선을 다해 살아야 하는 이유입니다.

당신이 최고다

당신은 자연의 위대한 기적이다.
지금까지 전혀 존재하지 않았고
앞으로도 당신과 똑같은 사람은
아마도 없을 것이다.

어떤 영역에서 당신보다 좀 더 정보가 많았거나,
좀 더 성공한 사람은 더러 있었지만,
이제까지 당신보다 나은 사람은 아무도 없었다.

당신이 생각하고 바라는 모든 일이
당신의 인생에서 일어날 수 있다.

브라이언 트레이시, 『변화의 기술』 중에서

당신 자신이야말로 가장 가치 있는 자산이자, 소중한 보물입니다. 그리고 이 우주에서 당신은 유일무이한, 한 사람입니다. 이런 까닭에 먼저 당신 자신을 소중하고 가치 있는 사람으로 받아들이고 사랑해야 합니다. 당신 인생의 연극 무대에서 당신 자신이 1막 1장의 주인공이기 때문입니다. 당신 자신을 사랑하지 않는데, 누가 당신을 이해하고 사랑해 줄까요? 따라서 자신을 먼저 사랑하면서 올바른 방법으로, 올바른 일을 한다면, 당신이 원하는 모든 것을 얻을 수 있습니다. 당신이 최고니까요.

순리대로 살아라

인생에 대해 자신 있게 할 수 있는
단 한마디 말은
살아 있는 모든 것은
끊임없이 변한다는 것이다.

인생에서의 변화는
피할 수 없는 것이며,
확실한 것도,
완전한 것도 없다는
사실을 인정해야 한다.

그래서 강물을 거꾸로 되돌리려는
부질없는 시도를 하는 것보다는
강물이 흘러가는 대로
순리에 따라 살 수 있도록 노력해야 한다.

아이크 맥케인, 『생각을 바꾸면 즐거운 인생이 시작된다』 중에서

세상의 모든 것은 순간순간 변합니다. 변하지 않는 것은 아무것도 없습니다. 따라서 그 변화의 흐름에 따라 순조롭게 흘러갈 수 있다고 믿는다면, 마음이 평화로워질 뿐만 아니라, 진정으로 행복한 마음으로 살 수 있습니다. 그러기 위해서는 확실한 것은 하나도 없으며, 완전한 것도 없고, 강물도 마음대로 조절할 수 없다는 사실을 먼저 인정해야 합니다. 즉 물이 위에서 아래로 흐르듯, 삶도 거스르지 않고 순리대로 사는 것입니다. 그런데 사람들은 순리를 거스른 채, 지름길이나 샛길만을 찾습니다. 그러다 결국 길을 잃고 눈물로 후회의 나날을 보냅니다.

하찮은 인연이란 없다

우리가 살면서 알아야 할
한 가지 사실은
세상에는 기이한 인연들로 가득하다는 것이다.

언제나 모든 사람에게 친절하게 대하고,
모든 일을 완벽히 처리하며,
모든 기회에 감사하는 태도를 배워야 한다.

어쩌면 당신과 우연히 스친 사람이
당신에게 가장 가치 있는
인맥이 될 수 있기 때문이다.

박금실, 『습관의 정원은 인맥의 놀이터』 중에서

인간관계 유지의 핵심은 바로 상호 간에 득이 되도록 서로 이해하고 존중하는 것입니다. 즉 일방적으로 남의 덕을 보려 하지 말고, 자신이 먼저 손을 내밀고 주변의 모든 사람을 존중하는 것입니다. 이런 까닭에 오늘 당신이 오다가다 마주친 대수롭지 않은 사람이 어쩌면 내일 당신의 성공에 대한 열쇠를 쥐고 있는 귀인일 수 있음을 명심해야 합니다. 따라서 지위 고하를 막론하고 사람을 대할 때는 정성을 다해야 합니다. 천박하고 어리석은 자들만이 아랫사람이나 자기보다 못하다고 생각하는 사람들에게 소위 '갑질'을 해댑니다.

고민은 나눠라

고민은
누구나 살아가는 동안 짊어져야 할
최소한의 짐 같은 것이다.
그 짐이 너무 무거울 때는
가족이나 친구 동료와 함께 나누어서 지고 가자.

그러나 고민해야 할 가치가 그다지 없다면
아예 던져 버리고
무시해 버리는 것도 좋은 방법이다.
적어도 작은 것에 연연하다
더 큰 것을 잃는 일은 없어야 하기 때문이다.

박창수, 『새로운 미래를 design해라』 중에서

그 무게가 무겁고 가벼움의 차이는 있겠으나 사람은 누구나 고민 하나쯤은 가슴에 담은 채 평생을 살아갑니다. 단지 '고민을 안고 살아가는가'와 '고민은 그때그때 정리하며 살아가는가' 하는 차이가 있을 뿐입니다. 고민거리가 늘 머릿속에 존재한다면, 아무 일도 할 수 없으며 고통의 나날을 보내야 합니다. 따라서 혼자 안고 끙끙거리기에 버거운 고민은 누군가와 반드시 나누어야 합니다. 이런 까닭에 인생을 살면서 고민을 나눌 수 있는 누군가를 꼭 가져야 합니다. 마음이 통하는 친구도 좋고, 멘토도 좋고, 가족 중 누구라도 좋습니다.

내 말은 줄이고 경청하라

남의 말에 귀 기울여라.
신중할지어다.

묻는 사람이 없거든
절대 입을 열지 마라.
물음을 받거든
그냥 간단히 대답하라.

행여 물음에 대해 모른다고 해도,
그것을 고백하기를 부끄러워하지 마라.

이창호, 『칭찬의 힘』중에서

사람이 귀가 두 개고, 입이 하나인 까닭은 말은 될수록 적게 하고, 듣기는 많이 하라는 의미입니다. 그러나 대화를 하다 보면 상대방 입장을 무시해 버린 채, 자신의 말만 장황하게 늘어놓는 사람들이 참으로 많습니다. 한 말 또 하고 한 말 또 하는 경우도 많습니다. 그런데 대화는 의사소통이 목적입니다. 따라서 효과적인 대화란 자신의 말은 가능한 한 줄이고 상대방의 말은 될 수 있으면 많이, 진지하게 경청해 주는 것입니다. 경청만으로도 당신은 상대방으로부터 존경받게 될 것입니다. 그런데 이때 약간의 인내가 필요합니다.

꿈을 실현하려면

이상을 실현하려면
최선의 노력이
반드시 뒷받침되어야 한다.

아무리 간절한 바람을 품더라도
가만히 있으면 꿈은 결코 실현되지 않는다.

꿈이란 씨앗을 뿌린 후에는
거름을 주고,
김을 매고,
물을 줘야,
가을에 풍성한 수확을 할 수 있다.

우리의 주변에는 꿈이란 씨앗을 뿌린 후
잡초가 가득한 밭에서
곡식을 찾아 두리번거리는 사람이 많다.

오리슨 스웨트 마든, 『생각, 그 위대한 힘』 중에서

실패의 가장 중요한 원인은 꿈을 실현하기 위해서 최선을 다할 마음을 갖지 않는다는 것입니다. 이상이나 꿈을 갖는다는 것은 자신의 마음속에 작은 씨앗을 심는 것입니다. 그러나 씨앗을 뿌리기만 하고 그대로 둔다면, 잡초만 무성해 열매는커녕 아무것도 수확할 수 없습니다. 이런 까닭에 이루어야 할 꿈이 있다면 끊임없이 보살피고 가꾸어야만 실현할 수 있습니다. 실천 없는 꿈은 그저 허황한 망상이거나 몽상일 뿐입니다. 따라서 "꿈은 이루어진다"라는 말에는 줄기찬 노력이 수반되어야만 한다는 의미가 담겨 있습니다.

남을 험담하지 마라

험담은 살인보다 위험하다.
살인은 한 사람밖에 죽이지 않지만,
험담은 반드시 세 사람을 죽인다.

험담을 퍼뜨리는 자신,
그것을 반대하지 않고 듣고 있는 사람,
그리고 화제가 되는 바로 그 당사자.

중상자(重傷者)는 무기를 사용하여
사람을 해치는 것보다
더 죄가 중하다.

무기는 가까이 다가가지 않으면
상대를 해칠 수 없지만,
중상은 멀리서도 사람을 해칠 수 있기 때문이다.

이정옥, 『반만 버려도 행복하다』 중에서

사람들은 둘 이상만 모이면 자의든, 타의든 남의 뒷담화를 합니다. 그러나 남을 비난하거나 험담할 때는 쾌감을 느낄지 몰라도 언젠가는 그 화가 부메랑처럼 자신에게 되돌아오기 마련입니다. 그리고 남을 험담하게 되면 언젠가는 자신도 험담의 대상이 될 수 있습니다. 따라서 남을 비난하거나 험담하기 전에 먼저 자기 자신부터 살펴야 합니다. 그런데 남에 대한 비난이나 험담은 언제나 부정확합니다. 왜냐하면 아무도 그 사람의 내부에서 일어난, 또는 일어나고 있는 일을 알 수 없기 때문입니다. 그렇기에 인생을 살면서 남을 험담하는 일만은 삼가야 합니다.

실패를 두려워 마라

무엇을 두려워하는가?
용기 있게 시도하다가 실패하는 모습은
해야 할 일을 영원히 미루는 것보다
훨씬 더 보기 좋다.

실패할까 봐 두려운가?
실패하면 창피할 것 같은가?
무엇이 마음속의 의심을 증가시키고
앞으로 나가지 못하게 방해하는가?

왜 진로를 방해하는 커다란 짐을
당신 어깨에 혼자 짊어지고 있는가?

오리슨 스웨트 마든, 『하고 싶은 일을 하라』 중에서

무슨 일을 시도하다 실패하는 것은 창피한 일
도, 부끄러운 일도 아닙니다. 실패를 통해 배움으로써 인간은
더 크게 성장하고 더 발전할 수 있기 때문입니다. 따라서 우리
의 삶에서 성공에 대한 의심이야말로 가장 커다란 적이며, 장
애물입니다. 우리 정신의 집에서 실패할 것이라는 의심을 당장
쫓아내야 합니다. 임무를 수행할 수 있다는 강한 자신감을 가
지고 의심을 아예 없애 버려야 합니다. 왜냐하면 성공할 수 없
다는 의심은 활동을 죽이고, 야망의 용기를 꺾고, 훌륭한 지력
을 말살시키는 원흉인 까닭입니다.

아첨은 싸구려 칭찬이다

실상 아첨은 거짓말이다.
위조지폐와 마찬가지다.
언젠가는 그 정체가 드러나고 만다.

그렇다면 아첨과 감사는 어떻게 다른가?
대답은 간단하다.
후자는 진심이고,
전자는 진실치 못하다.
후자는 마음속에서 우러나오지만,
전자는 입에서 흘러나온다.

후자는 이타적이지만,
전자는 이기적이다.
후자는 누구에게나 환대받지만,
전자는 환대받지 못한다.

데일 카네기, 『리더가 알아야 할 카네기 리더십 31가지』 중에서 아첨은 천박할 뿐만 아니라, 이기적이며 성의가 없습니다. 따라서 분별 있는 사람들에게 아첨은 절대 통용되지 않습니다. 왜냐하면 아첨은 값싼 싸구려 칭찬에 불과하다는 것을 분별 있는 사람들은 이미 알고 있기 때문입니다. 멕시코의 영웅인 알바로 오브레곤 장군의 동상에는 다음과 같은 문구가 적혀 있습니다. "적을 두려워할 것이 아니라, 감언으로 아첨하는 벗을 두려워하라." 따라서 아첨꾼을 가능한 한 멀리하십시오. 그들은 아첨 거리가 떨어지면 뒤도 안 돌아보고 당신으로부터 도망쳐 버릴 것입니다.

긍정적인 마음으로 살아라

마음만 먹는다면
할 수 있다고,
자신은 꿈을
실현할 수 있다고 믿고 행동하면,
사고방식이나 생활방식에
변화가 일어나고
불가능하게 여겼던 일들도
얼마든지 이루어 낼 수 있다.

결국, 불행은 이유 없이
당신에게 끼어드는 것이 아니다.
당신이 불행을 생각하기 때문에,
불행을 의식하기 때문에,
자신도 모르게 비참한 상황에 놓이는 것이다.
굳은 신념을 가지고 열심히 나가면
두려울 것이 없다.

우에니시 아키라, 『간절히 원하면 이루어진다』 중에서

인생에 아무리 거대한 꿈이 있다 해도, 불가능한 이유만 생각하고 있다면 자신의 꿈을 절대 이룰 수 없습니다. 불가능한 이유만 생각하면 먼저 마음이 불안해지고 의욕이 꺾이기 때문입니다. 따라서 먼저 '나는 할 수 있다'라는 이유를 찾는 것이 중요합니다. 실현 불가능한 것보다는 실현 가능한 이유를 먼저 찾는다면, 마음이 안정되고 자신감과 용기가 생기고 모든 언행에 의욕과 활기가 넘치게 됩니다. 이제부터 매사에 자신감을 가지고 도전하십시오. 도전하는 자에게 불가능이란 없습니다.

자신을 지나치게 자랑하지 마라

자신을 옳다고 하지 않기에
오히려 다른 사람들이 인정해 준다.
자신을 과신하지 않기에
다른 사람들이 치켜세운다.

자신의 공적을 자랑하지 않기에
오히려 다른 사람들이 칭송한다.
자신의 재능을 과시하지 않기에
오히려 다른 사람들이 존경한다.

『노자』 중에서

역설적으로 자신이 잘났고 옳다고 자랑하면 무시당합니다. 자신을 과시하면 오히려 배척당합니다. 자신의 공적이나 재능을 지나치게 자랑하면 오히려 비난을 받습니다. 이런 까닭에 참삶의 지혜란 '겸손'과 '배려'의 마음을 먼저 갖는 것입니다. 그런데 "빈 깡통이 요란하다."라는 말처럼, 자존감이 부족한 사람일수록 별 볼 일 없는 자랑거리를 대단한 것처럼 부풀려 떠벌립니다. 이는 가만히 있는 것보다 더 천박한 짓이며, 자신이 하찮은 사람이란 사실을 만천하에 스스로 드러내는 어리석은 행동일 뿐입니다.

당신 또한 옳다

높이 나는 새는 멀리 볼 수 있지만,
낮게 나는 새만큼 자세히 보지 못한다.
그러므로 어디에서 보느냐에 따라
모든 것은 달리 보이는 것이다.

그 대상이 변하는 것이 아니라,
우리 시야의 각도에 따라
시야의 높낮이에 따라 달리 보일 뿐이다.

그러므로 나만 옳은 것이 아니라,
그대 또한 옳다.

생텍쥐페리, 『특별한 인생을 위한 아름다운 반항』 중에서 밤하늘에 둥근 달이 은빛을 띤 평평한 동전처럼 보이듯 우리가 사는 세상도 아주 멀리서 보면 생명체란 존재하지 않는 둥근 공에 불과할 뿐입니다. 이런 까닭에 인간의 삶도 멀리서 접한 것만으로 그 사람을 다 알았다고 단언할 수는 없습니다. 그에게 가까이 다가갈수록 그에 대한 미세한 색채까지 자세히 볼 수 있는 까닭에 항상 나만 옳다고 생각하는 것은 대단히 어리석고 무례한 일입니다. 따라서 남도 인정하고 소통하고자 하는 자세가 필요합니다. 그가 틀린 것이 아니라, 그저 나와 조금 다를 뿐이기 때문입니다.

인생을 낭비하지 마라

천지는 영원하지만,
인생은 두 번 다시 돌아오지 않는다.

사람의 수명은 길어야 100년,
눈 깜짝할 사이에 지나쳐 버린다.

괴로운 이 세상에 태어난 이상
즐겁게 살고 싶다고
바라기만 할 것이 아니라,
인생을 허무하게 지나쳐 버리는 것을
두려워해야 한다.

『채근담』 중에서

인생이 길지 않다는 사실은 누구나 다 알고 있습니다. 그러나 많은 사람이 이 같은 사실을 늘 망각한 채, 천 년, 만 년 살 것처럼 자신을 송두리째 버리며 삽니다. 그리고 곧 후회합니다. 그러나 사는 동안 인생을 즐길 줄도 알아야 나이 들어 후회하지 않습니다. 그런데 『채근담』에서 인생을 즐기는 것도 당연하지만, 그와 동시에 '유(有) 의미한 인생'을 보내는 것도 잊지 말라고 조언하고 있습니다. 따라서 아침 이슬같이 짧은 한평생을 하는 일 없이 허송세월로 보내는 것은 참으로 어리석은 일입니다.

지나침은 부족함만 못하다

지위는
너무 올라가지 않는 것이 좋다.
끝까지 올라가면 함정이 기다리고 있다.

재능은
너무 많이 발휘하지 않는 것이 좋다.
지나치게 내보이면 오래 가지 못한다.

훌륭한 행동도
적당히 하는 것이 좋다.
너무 지나치면 오히려 비난을 받는다.

모리야 히로시, 『성공하는 리더를 위한 중국 고전 12편』 중에서 과유불급(過猶不及), "지나친 것은 못 미친 것과 같다."라고 공자는 말했습니다. 그리고 넘치지도, 부족하지도 않은 상태를 공자는 '중용(中庸)'이라고 했습니다. 이는 다시 말해서 극단으로 달리지 말고 균형 잡힌 방식이 이상적인 삶의 지혜란 의미입니다. 사람도 중용의 도를 따라 산다면 삶이 좀 더 편안하고 안락할 것입니다. 그런데 사람들은 욕심 때문에 남보다 많이 가지려 용을 쓰며 살다 어느 날 쓸쓸하게 생을 마감하고 맙니다. 참으로 슬프고도 가슴 아픈 일입니다.

남을 위해 씨를 뿌려라

행복을 거두고 싶다면
행복의 씨앗을 뿌려야 한다.
남을 행복하게 해줘야 한다는 뜻이다.

재물의 복을 거두고 싶다면
남의 삶 속에 재물의 씨앗을 뿌려야 하고,
우정을 거두고 싶다면
우정의 씨앗을 뿌려
누군가의 친구가 되어 주어야 한다.

언제나 씨앗을 먼저 뿌려야 한다.

조엘 오스틴, 『긍정의 힘(실천편)』 중에서

우리가 크게 성장하지 못하는 이유는 자기중심적인 태도만 취하고 사랑의 씨를 뿌리지 않기 때문입니다. 지금의 태도를 바꾸어 사랑의 손길을 뻗지 않는 한, 우리는 모든 면에서 영영 미숙아 신세를 면할 수 없습니다. 따라서 자신의 문제를 해결하려면 먼저 다른 사람의 문제를 이해하고 도와야 합니다. 한마디로 남을 위해 땅에 먼저 씨를 뿌리고 가꾸어야 수확이 있다는 것입니다. 혼자 살 수 없는 것이 이 세상의 이치이자, 순리입니다. 따라서 내가 먼저 베풀고 내가 먼저 손을 내민다면, 상대방도 기꺼이 내민 손을 잡을 것입니다.

거절도 기술이다

거절도 일종의 학문으로,
반드시 개인의 인격과
수양이 드러나야 한다.

거절하면서 상대방이
나의 진심과 선한 본심을
느끼고 믿도록 해야 한다.

누군가의 부탁을 거절해야 한다면
분명히 거절하라.
절대 체면 차리느라
맹목적으로 거절해서는 안 된다.

노학자, 『세 치 혀로 천하를 훔쳐라』 중에서

누군가가 어떤 일을 부탁할 때 냉정하게 거절하기란 쉬운 일이 결코 아닙니다. 상대방이 무언가를 부탁하는 것은 내 도움이 필요하기 때문입니다. 그러나 거절해야 할 상황이라면 솔직히, 그리고 단호하게 거절해야 합니다. 거절하는 것이 미안해서 애매모호한 태도를 보이거나, 머뭇거리면 본의 아니게 쓸데없는 오해를 불러와 상대방과 나 모두에게 큰 손해를 안겨 줄 수 있습니다. 따라서 거절할 때는 단호하게 해야 당장은 조금 서운하더라도 서로에게 더 큰 상처를 남기지 않습니다.

자신의 길을 가라

자신의 길을 걸어가라.
남을 앞지르려 하지 말며,
남에게 뒤처지는 것을 두려워 말라.

최선을 다해 실행하여,
자신의 마음에 부끄러움이 없으면 된다.
자신의 결정에 믿음을 가지고
신념도 없는 주장을 내세우지는 말라.

확신하고 과감하게
자신의 의지대로 나아가는 사람은
평범하더라도 절대 속되지 않다.
즉, 그는 이미 남들보다 다른
특별한 존재인 셈이다.

노학자, 『헬로우 묵자! 적을 내 편으로 만들라』 중에서

자기 주관을 상실한 채 이전의 관계를 답습
하거나, 인생의 꿈을 포기하고 목표를 바꾸면서까지 남들과 같
아지려는 것은 대단히 어리석은 행동입니다. 왜냐하면 스스로
옳다고 생각하는 일들은 실제로도 올바른 선택일 확률이 높기
때문입니다. 따라서 다른 사람의 눈치나 보면서 자신이 옳다고
생각하는 일을 먼저 포기하지는 마십시오. 수많은 인생길 중에
서 어떤 길을 선택하고, 어떤 사람이 되든 과감하게 자신의 길
을 걸어가는 사람이 되십시오. 남이 내 인생을 대신 살아 줄 수
는 없는 까닭입니다.

항상 지금이다

중요한 건 항상 지금이다.
계획을 검토했으면
미래에서 벗어나 현재로 돌아오라.

기회는 매 순간 숨겨져 있다.
미래만 생각하고 있다면
기회를 놓치기 십상이다.

당신의 모든 꿈이
오늘 이 순간에 일어나게 하라.
머릿속에 그려 놓은 먼 미래가 아니라,
당신이 있는 바로 그곳에서부터 시작하는 것이다.

스티브 챈들러, 『리치웨이』 중에서

우리에게 중요한 것은 지금, 바로 여기, 이 순간입니다. 그 까닭은 한 치 앞도 모르는 것이 인생이며, 과거는 이미 지나가 버렸고, 미래의 일은 그 누구도 알 수 없기 때문입니다. 그런데도 사람들은 지난 과거에 집착하기도 하고, 불투명한 미래를 위해 자신을 온전히 희생하기도 합니다. 그러나 지금 당장 해야 할 일을 잘하면 잘할수록 더 빨리 목표를 달성해 성공할 수 있습니다. 왜냐하면 모든 미래의 성공은 지금 바로 이 순간들을 발판으로 시작되기 때문입니다.

진정한 용기란

진정한 용기는
아주 작고 사소한 실수도
정직하게 고백하고 반성하는 것입니다.

커다란 실수나
잘못만을 반성하는 것은
진정한 용기가 아닙니다.

어리석은 사람만이
자신의 실수를 변명하거나,
잘못을 지적한 사람들에게
무조건 방어적 자세를 취합니다.

그러나 그런 모습은
자신에게 돌아오는 행복을

애써 불행으로 바꿔 버리는

행동에 불과합니다.

김형수, 『행복한 나로 변화시키는 '참 좋은 생각'』 중에서

　보통 100명 중 1명만이 자신의 잘못을 진정으로 인정하는 용기를 발휘한다고 합니다. 이는 세상을 사는 사람들의 99%는 진정한 용기를 상실한 채, 자신이 저지른 잘못을 알면서도 애써 모른척하며 살아간다는 의미이기도 합니다. 그 까닭은 진정한 용기를 갖지 못한 사람들은 다가오는 행복에게 '넌 불행이야'라고 말함으로써 진정한 행복을 거부하기 때문이랍니다. 따라서 실수나 잘못을 했을 때는 진정으로 뉘우치고 진심으로 용서를 구하는 것이 자신의 마음을 편하게 하는 지름길입니다. 그런데 이는 용기 있는 사람만이 할 수 있는 일입니다.

도전 없는 삶은 무의미하다

아무런 위험을 무릅쓰지 않는 사람은
어떤 일도 할 수 없고,
아무것도 가질 수 없으며,
무엇도 될 수 없습니다.

그는 고통과 슬픔을
피할 수 있을지는 모르겠지만,
배우고 느끼고 변화하고
성장하고 사랑하면서 살 수는 없습니다.

확실한 것에만 묶인다면
그는 노예입니다.
자유를 잃은 사람일 뿐입니다.

레오 버스카글리아, 『지혜의 두레박』 중에서

인생을 살면서 도전을 두려워한다면 아무것도 이룰 수도, 얻을 수도 없습니다. 지금껏 성공한 사람 대부분은 분명한 목표를 갖고 끊임없이 도전한 사람들입니다. 배가 거친 바다가 아닌 항구에만 정박해 있다면 아무 쓸모가 없듯, 인생도 현실에만 안주한다면 발전도, 희망도, 행복도 없습니다. 이런 까닭에 끊임없는 도전 정신이야말로 삶의 활력소요, 희망의 등불입니다. 꿈이 있다면 일단 도전하십시오. 결과는 그다지 중요하지 않습니다. 도전 자체가 아름다운 것입니다.

행복한 삶을 살려면

미소와 명랑한 웃음이 있는 곳에서 살자.
대립이 아니라 우애가 있는 곳에 모이자.

경쟁이 아니라 서로 간에
도움이 이루어지는
울타리 안으로 들어가자.

강풍이 아니라
햇살이 내리쪼이는 곳에 서자.

재물이 아니라
마음이 만나는 관계를 갖자.

만약 그런 곳이 없다면
자신이 그런 곳을 만들면 된다.

사라토리 하루히코, 『행복을 일구는 사람에게 주고 싶은 100가지 말』 중에서 행복은 그리 멀리 있지 않습니다. 행복은 각자의 마음속에 있음에도 사람들은 행복을 그저 멀리서만 찾으며 방황합니다. 때로는 재물에서, 명예에서 행복을 찾고자 열심히 자신과 시간을 희생하고 낭비합니다. 그러나 그곳에는 우리가 바라고 원하는 행복이 없습니다. 마음을 벗어나 있기 때문입니다. 이제 자신의 마음속을 찬찬히 한번 들여다보십시오. 그곳에 행복은 꼭꼭 숨어 있습니다. 행복은 순전히 우리가 어떤 마음을 먹느냐에 달렸기 때문입니다.

고결한 삶을 살아라

인간들은 자신이
얼마나 고결하게 살 수 있느냐에
관심을 두지 않고,
얼마나 오래 살 수 있느냐 하는
문제만 애써 생각한다.

고결한 삶은
자신의 능력으로 이룰 수 있지만,
오래 사는 것은 사람의 능력으로
결정될 수 없는 문제임에도 불구하고.

세네카, 『세계의 명언』 중에서

한 번뿐인 인생을 어떻게 사느냐 하는 것은
순전히 우리 스스로 선택할 문제입니다. 고결한 삶을 사는 것
도, 비천한 삶을 사는 것도……. 그런데도 사람들은 웰빙 바람
과 함께 좀 더 오래 사는 것에만 온통 초점을 맞추고 있습니다.
그러나 구질구질한 삶으로 남보다 길게 조금 오래 살아 본들,
그게 무슨 큰 의미가 있을까요? 하루를 살더라도 고결한 삶을
살고자 노력하는 것이 바로 참된 의미의 삶이자, 바람직한 삶
의 태도입니다.

결단력을 발휘하라

애매하게 행동하면
명성을 얻지 못하고,
모호하게 일을 하면
공을 세우지 못한다.

일을 추진하려면 신념을 갖고
결단력 있게 밀고 나가야 한다.

모호한 태도만큼
일을 그르치고
자기 자신을
우스꽝스럽게 만드는 것은 없다.

새뮤얼 스마일스, 『인생을 바꾸고 싶다면 생각부터 바꿔라』 중에서 주위를 돌아보면 이쪽저쪽 눈치나 살피면서, 때로는 아부하며 색깔 없이 그저 그렇게 살아가는 사람들이 의외로 많습니다. 물론 각박한 현실을 살아가기 위한 나름의 처세술이겠지만, 바람직한 삶의 태도는 아닙니다. 따라서 흑백 논리를 따르지는 않더라도 살면서 어느 정도 분명한 자기 색깔을 갖는 것이 필요합니다. 그런데 '중용(中庸)'이란 색깔이 불분명한 '회색'을 의미하는 것이 아니라, 어느 쪽으로도 치우침이 없는 '중정(中正)'을 의미합니다. 그래서 살면서 중용을 지킨다는 것은 대단히 어려운 일인지도 모릅니다.

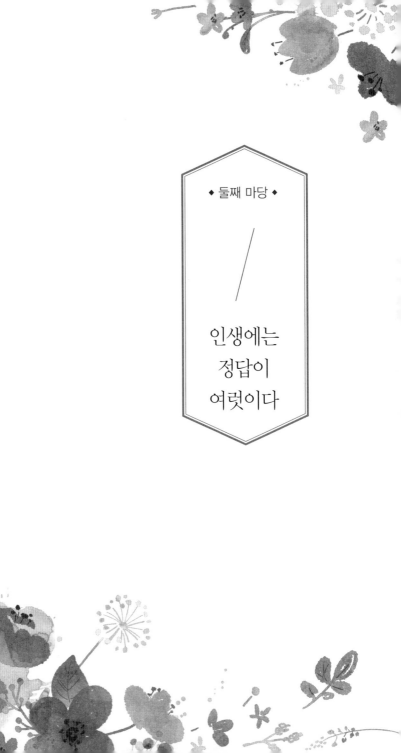

◆ 둘째 마당 ◆

인생에는
정답이
여럿이다

인생에는 정답이 여럿이다

입학시험 문제에는
정답이 늘 하나밖에 없다.
그 하나를 찾아내지 못하면 불합격,
이건 빼도 박도 못하는 거지.

하지만 인생은 다르다.
대학을 가는 것도 정답,
안 가는 것도 정답이다.

스포츠에 열중하는 것도,
음악에 열중하는 것도,
그리고 누군가를 위해 일부러 돌아가는 것도,
이것들 모두 정답이다.

그러니까
다들 인생에 있어 겁쟁이가 되지 마라.

당신 자신의 가능성을 부정하지 마라.
가슴을 펴고 당당히 살아가라.

서동식, 『365 매일매일 나를 위한 하루 선물』 중에서

인생은 주어진 숙제가 있는 것도, 풀어야 할 시험 문제가 있는 것도 아닙니다. 누군가가 미리 답을 정해 놓고 맞히길 기다리는 시험 문제지는 더더욱 아닙니다. 우리가 생각하는 정답이란, 사람들이 일방적으로 정해 놓은 답일 뿐입니다. 따라서 당신의 인생은 당신이 옳다고 믿는 대로, 당신이 생각하는 대로 밀고 나가면 그뿐입니다. 당신의 인생에 대해 이러쿵저러쿵 간섭하고 시비할 권리를 가진 사람은 이 세상에 아무도 없습니다. 그러므로 당신이 적고 싶은 답을 마음대로 적으면 됩니다. 당신이 쓰고 싶은 답이 바로 당신 인생의 정답이기 때문입니다.

진실로 두려워해야 할 것은

어쩌면 세상에서
진실로 두려워해야 하는 것은
눈이 있어도
아름다운 걸 볼 줄 모르고,

귀가 있어도
멋진 음악을 듣지 않고,

또 마음이 있어도
참된 것을 이해하지 못하고
감동도 느끼지 못하며,

더구나 가슴 속의 열정을
불사르지도 못하는,
그런 사람들이 아닐까.

구로야나기 데츠코, 『창가의 토토』 중에서

세상을 온통 불평과 불만 속에 살아가는 사람
들이 많습니다. 끝없는 욕망이나 패배 의식 때문입니다. 자신
의 욕망이 충족되지 못했을 때, 혼자 패배했을 때 남을 시기하
기도 하고 비방하기도 합니다. 그러나 한 발자국만 물러나 자
신과 세상을 볼 수 있다면, 그리고 우리 인생은 한 번뿐이란 사
실을 안다면, 이 모든 것이 다 허황한 것임을 깨닫게 될 것입니
다. 세상의 아름다움을 볼 수 있도록 눈을 크게 뜨고, 아름다운
소리만 들을 수 있도록 귀를 활짝 열어 놓는 마음의 여유가 필
요한 오늘입니다.

스스로 아름다워져라

'심산유곡에 핀 꽃이
아무리 아름다운들 누가 봐 주겠는가.' 하고
한탄하는 사람이 있습니다.
그러나 아름다움은
그 자체로 빛나는 것입니다.

아름답다는 말을 들어야
아름다워지는 것이 아닙니다.
남을 의식한 아름다움은
진정한 아름다움이 아닙니다.

이재운, 『진본 토정비결』 중에서

진정한 아름다움은 내면에 있는 것이지, 외면에 있는 것이 결코 아닙니다. 명품으로 제아무리 겉을 화려하게 치장한들 속이 비어 있다면, 자신도 모르게 소리가 날 뿐만 아니라 타인들로부터도 비웃음만 살 뿐입니다. 이런 까닭에 스스로 자신의 내면의 아름다움을 가꾸도록 노력해야 합니다. 그러다 보면 그것이 자신도 모르게 외부로 투영돼 타인들로부터 칭송과 존경을 받게 될 것입니다. 타인이 나의 아름다움을 인정해 줄 때 나 자신이 더 빛나는 법입니다.

나쁜 기억은 빨리 버려라

사람들은
자주 가벼운 실수를 한다.
하지만 대체로 실수는 고의적이라기보다는
부주의에서 생긴다.

누군가 당신을
두 번 다시 만나지 않겠다는 듯
당신 면전에서
담지 못할 만큼 욕을 퍼붓고
지울 수 없는 상처를 입혔다 하더라도,

그건 그 사람이 악의를 갖고
고의로 그런 것이 아니라,
그런 행동이 잘못된 것이라는 것을
깨닫지 못했기 때문에 그럴 가능성이 크다.

따라서 지난날 가진 타인에 대한
원한이나 후회, 분노는
훌훌 털어 버려야 한다.
지난 일은 지난 일일 뿐이다.

리처드 템플러, 『인생 잠언』 중에서

사람들은 좋은 기억보다는 나쁜 기억을 마음
속에 더 오래 간직하고 괴로워하며 산다고 합니다. 그러나 자
신을 위해 지난날의 나쁜 기억들은 가능한 한 빨리 훨훨 털어
내고 잊어버려야 합니다. 그 나쁜 기억 속에서조차 긍정적인
면을 찾아내 그것을 오히려 자신의 인격을 발전시킬 수 있는 원
동력으로 삼아야 현명합니다. 나쁜 기억은 과거일 뿐, 그 누구
도 지난 과거를 되돌릴 수 없으며, 우리는 현재와 미래를 살아
야 하기 때문입니다.

인생은 '새옹지마'다

인생을 살다 보면
기쁜 일만큼이나 슬픔도 있고,
이길 때가 있으면 질 때도 있으며,
일어서는 만큼이나
넘어지는 경우도 허다하단다.

배가 부를 때가 있으면
배가 고플 때도 있고,
좋은 일과 마찬가지로
나쁜 일도 일어나게 마련이지.

조셉 M. 마셜, 『그래도 계속 가라』 중에서

인생이란 때로는 양지쪽을 걷기도 하고, 부득이하게 음지쪽을 걸어야 하는 경우도 생깁니다. 그런데 삶을 살면서 역경과 고난이 언제 어떤 식으로 나에게 닥칠지 모르는 것은 당연합니다. 따라서 삶 속에서 역경과 고난이 언제든 찾아올 수 있다고 먼저 인정한다면, 정말로 그런 일이 닥쳤을 때 한결 쉽게 맞이할 수 있을 것입니다. 좋은 일도, 나쁜 일도 결국은 잠시 머물다 지나가기 때문에 담담한 마음으로 맞으면 될 일입니다.

잘 버리면 행복하다

사람의 행복은
얼마나 많이 소유하느냐가 아니다.

소중히 간직할 것과
버려야 할 것을 잘 구분하고,
그 중 버려야 할 것을
제때 얼마나 잘 버리느냐에 달려 있다.

우리는 오래 담아 두어야 할 것은
너무 쉽게 버리고,
버려야 할 것은
오히려 더 깊숙이 담아 두는
못난 마음을 버려야 한다.

박성철, 『쉼터1』 중에서

인생을 살아가면서 사람들은 돈, 명예, 권력 등을 움켜쥐는 일에 지나치게 몰두하는 경향이 있습니다. 그러나 필요 이상으로 갖고자 안달하는 것은 한 번뿐인 인생을 낭비하는 어리석은 행위입니다. 빈손으로 왔다가 또 빈손으로 떠나는 것이 모든 인간의 운명이자 숙명이기 때문입니다. 따라서 우리가 어떻게 마음을 먹느냐에 따라 행복해질 수도 있고, 불행해질 수도 있습니다. 우리가 생각을 조금만 바꾸어도 삶의 기쁨이 찾아올 것입니다. 행복은 더 많이 갖고자 안달하면 할수록 우리에게서 점점 멀어지는 신기루에 불과하다는 것을 명심할 일입니다.

더불어 살아라

세상을 살다 보면
많은 사람을 만나게 됩니다.

그중에서 만나면 기분 좋고
마음이 편한 사람이 있는가 하면,
왠지 만나는 것이 꺼려지고
마음의 문을 닫아 버리게 하는
사람도 있습니다.

싫은 사람은 만나지 않으면 그만이고
멀리 떨어져 살면 되지만
더불어 살아야 하는 세상에서
어찌 마음에 드는 사람만 골라 사귀며
살 수 있겠습니까?

김종남, 『노을보다 더 아름다운 것들』 중에서

사람은 태어나 독불장군으로 혼자 세상을 살아 갈 수는 없습니다. 그러나 주위에 그런 부류의 사람들이 더러 있습니다. 왜 그렇게 살아가는지 알 수 없지만, 아마도 자존감 부족이나 자기 콤플렉스 때문일 것입니다. 그런데 숲을 한번 둘러보십시오. 크고 작은 나무들이 한데 어우러져 아름다운 숲을 이루고 있습니다. 인간이 사는 세상도 이렇듯 함께 살아가야 합니다. 이런 까닭에 타인에게 껄끄럽거나 부담스러운 존재가 되지 않도록 늘 자신을 가꾸고 진솔한 모습으로 살고자 노력해야 합니다. 타인들로부터 손가락질당하는 것은 슬픈 일입니다.

늘 아름다운 모습으로 기억돼라

나는 어느 누군가에 의해
어떤 모습으로 기억될지 모릅니다.
내가 누군가의 기억 속에 있다면
나는 그 사람 속에 살아 있는 것입니다.

누군가가 내 기억 속에 살아 있다면
그 사람 역시 내 속에 살고 있는 것입니다.

내게 잊히지 않는 이들의
아름다운 모습만 기억했으면 좋겠습니다.
그 기억이 비록 아픔이어도
추억으로 남아 있는 한
그 삶은 아름답습니다.

나를 기억하는 이들의 기억 속에

나 자신 역시
좋은 모습으로 남아 있었으면 좋겠습니다.

최복현, 『따뜻한 세상을 만드는 '쉼표 하나'』 중에서

우리는 매일 사람을 만나고 또 누군가를 기억
하며 살아갑니다. 그 만남 속에 좋은 기억도 있고 나쁜 기억도
있습니다. 우리 마음속에 기억되는 이들은 모두 좋은 모습만,
좋은 사람들만 남고, 그렇지 않은 사람들은 모두 망각의 늪으
로 사라졌으면 좋겠습니다. 그리고 앞으로 살아가면서 만나게
될 이들에게 나 자신이 의미 있는 존재로 다가가 그들의 기억
속에 남되, 진정 아름답게, 멋지게 기억되었으면 좋겠습니다.
가끔은 생각나는 존재로 남았으면 더 좋겠습니다.

나이가 들면서 알아야 할 것들

이제는 좀 느려지는 것.
내가 가진 힘을
경제적으로 분배하는 것.

스스로 관용을 베푸는 것.
어쩌면 그 이전보다
더 많이 홀로 있는 것.

살아온 인생을
곰곰이 생각하는 것.
그리고 더 먼 미래가 아닌,
죽음을 떠올려보는 것을
배워야 한다.

빌헬름 슈미트, 『나이든다는 것과 늙어간다는 것』 중에서 젊었을 때는 별 관심도 없었고, 전혀 알 수 없었던 '애써 노력해야 할 것들'이 있다는 사실을 나이가 들면서 깨닫게 됩니다. 그렇다고 당황할 필요는 없습니다. 마음의 준비를 늘 하고 있었다면 그것은 순리로, 당연한 일들로 생각하고 받아들이면 되기 때문입니다. 지금도 늦지 않았습니다. 인간이 늙고, 죽는 것은 당연한 귀결이기 때문에 그냥 받아들이고 지금, 이 순간을 의미 있게 살면 됩니다. 그러나 지금 의미있는 삶을 즐기려면 우선 마음속에 똬리를 틀고 있는 불필요한 물욕, 명예욕 등을 버리는 연습부터 시작해야 합니다.

많이 가지려 인생을 낭비하지 마라

덜 갖고 더 많이 존재하라.
삶에서 중요한 것은
당신이 가진 소유물이 아니라,
당신 자신이 누구인가 하는 것이다.

단지 생활하고 소유하는 것은
걸림돌이 될 수도 있고
짐이 될 수도 있다.

우리가 가지고 있는 것이 아니라,
그것으로 우리가 어떤 일을 하느냐가
인생의 진정한 가치를 결정짓는 것이다.

정호승, 『내 인생에 용기가 되어 준 한마디』 중에서

인생의 진정한 가치를 결정짓는 일을 하기 위
해서는 돈이 필요합니다. 그러나 필요 이상으로 소유한다면 그
것은 욕심일 뿐입니다. 돈은 불과 같아서 너무 가까이 다가가
면 자신이 타 버리기 때문입니다. 그런데 "가장 적은 욕심을 가
진 사람이 가장 신(神)에 가깝다."라고 합니다. 이런 까닭에 지
나치게 많은 돈은 신의 축복이 아니라, 악마의 저주일 수 있습
니다. 천국이나 극락세계에서는 보석이 거래되지 않습니다. 따
라서 살면서 많이 가지려고 지나치게 정력을, 시간을 낭비하는
것은 참으로 어리석은 일입니다.

늘 불행을 대비하라

행복할 때 불행을 생각하라.
행복할 때는
타인의 호의도 쉽게 살 수 있고
우정도 곳곳에 넘친다.

이는 불행할 때를 위해
저장해 두는 것이 좋다.
그때를 위해 지금 친구를 만들고
사람들에게 은혜를 베풀어라.

발타자르 그라시안, 『세상을 보는 지혜』 중에서

지금은 하잘것없는 이들이 언젠가는 귀하게 여
겨지기도 합니다. 이것을 모르는 미련한 사람들은 행복할 때는
친구를 갖지 않거나 멀리합니다. 그런데 행복할 때 친구를 모
르면 당신이 불행할 때 친구 역시 당신을 알아보지 못합니다.
따라서 행복할 때일수록 좋은 친구를 갖도록 더 많이 노력해야
합니다. 어떤 친구라도 당신을 위해 도움이 되기 때문입니다.
계산 빠른 정확한 친구보다는 당신을 이해하고 당신에게 호의
적인 친구를 갖고자 노력하십시오.

특별한 능력을 계발하라

당신에게는 특별한 능력이 있다.
그 능력을 잘 계발한다면,
당신 삶에서 원하는 바를 달성하는 데
큰 도움이 될 것이다.

어떤 상황에서도 주체적으로 행동하고
성공적인 경험과 비즈니스를 실현하며
살기를 원한다면,
당신만의 탁월한 능력을 인식하고
강화하는 데 전념해야 한다.

브라이언 트레이시, 『석세스 웨이』 중에서

진정한 성공은 자신이 지닌 특별한 재능과 능력을 얼마만큼 잘 인식하고 꾸준히 계발하느냐에 달려 있습니다. 오직 당신만이 할 수 있는 특별한 분야가 있을 때 당신은 내적 만족감을 느낄 수 있고, 외적 성취도 이룰 수 있습니다. 이를 위해 당신 자신을 꿰뚫어 보고 당신이 지닌 모든 재능을 찾아내 계발하고 활용하십시오. 당신에게는 분명 특별한 재능이 있고, 그 재능은 당신만이 아는 바로 당신 것이기 때문입니다. 멋진 당신이 되십시오.

행복은 나누어라

참다운 행복이란 이기적이지 않다.
기쁨으로 충만한 사람은
그것을 남에게 즐겁게 전하며,
자기 혼자만 간직하려 하지 않는다.

"행복은 태어날 때부터 쌍둥이다."
라고 누군가 말했다.
고통을 나누면 반이 되고,
행복을 나누면 그 기쁨이 배가 된다.

디트리히 그뢰네마이어, 『지금 이 순간』 중에서

행복이란 배타적인 것이 아니며, 사람을 제한하지도, 고립시키지도 않습니다. 마음 저 깊은 곳에서 우러나오는 기쁨이며, 전적으로 자신의 감정입니다. 동시에 표현을 촉구하는, 즉 타인에게 자연스럽게 다가가는 순수한 마음이기도 합니다. 행복은 더욱 큰 공간을 열고 싶어 하며, 또한 사람과 사람을 결합합니다. 행복은 인간관계와 공동체에 이바지하기 때문에 홀로 간직하는 행복보다는 서로 나누는 행복이 더 아름답습니다. 행복을 나누십시오.

재물을 지나치게 탐하지 마라

우리는 아무도 내일을 모른다.
하지만 내 손안의 재물이
영원히 내 것일 수 없다는 사실은 잘 안다.

설사 죽는 날까지
지킬 수 있다 해도
그것을 지키기 위한
자기와의 싸움과 세상의 반목을
이겨내기란 결코 쉬운 일이 아니다.
재물은 행복을 보장해 주는
약속어음이 결코 아니다.

이정옥, 『반만 버려도 행복하다』 중에서

만일 누군가를 행복하게 해주고 싶다면, 그의 소유물을 늘려 주지 말고 욕망의 양을 줄여 주라는 말이 있습니다. 그런데 아홉을 가지고도 즐기지 못한 사람들이 많습니다. 열을 채우지 못한 하나의 부족함에 연연하기 때문입니다. 그러나 그는 그 하나를 영원히 갖지 못할 것입니다. 왜냐하면 그 하나는 인생에 대한 충만한 기쁨과 감사하는 마음이 아니면 채워질 수 없는 것이기 때문입니다. 따라서 재물의 노예로 살다 한 번뿐인 인생을 마감한다는 것은 참으로 슬프고도 어리석은 일입니다.

편협한 사람이 되지 마라

남의 성공을 질투하거나
불쾌하게 느끼는 것은
본질적으로 도량이 좁고
천박한 성품을 지니고 있기 때문이다.
세상에는 너그러운 마음씨를
지니지 못한 사람들이 너무 많다.

다른 사람을 조롱하는 것밖에는
생각하지 않는 사람만큼
불쾌감을 주는 이도 없을 것이다.
이런 사람들은 남이 칭찬받는 것을
눈 뜨고 보지 못한다.
상대가 자신과 같은 뜻을 갖고 있거나,
같은 직업을 가진 경우에는 더욱 그러하다.

새뮤얼 스마일스, 『인격론』 중에서

편협한 마음밖에 갖지 못한 사람은 타인을 비판하거나, 비방하고 결점을 들춰내는 것 외에는 관심이 없습니다. 습관적으로 모든 것에 대해 조소를 퍼붓습니다. 이런 사람에게 가장 신나는 일은 인격자로부터 약점을 발견해 냈을 때입니다. 그러나 이런 부류의 사람들은 당장은 아니더라도 어디서든 환영받지 못하며 배척당하게 됩니다. 왜냐하면 그가 가진 거짓의 밑천이 곧 드러나고 말기 때문입니다. 따라서 편협한 인간이 되지 않으려면 타인의 장점을 먼저 찾아내 인정하고 칭찬해야 합니다. 칭찬은 고래도 춤추게 하기 때문입니다.

사람은 가려 사귀라

어떤 사람이
당신에게 잘해준다고 해서
꼭 그 사람과 많은 시간을 보내야 합니까?

당신을 찾는다고 해서,
당신이나
당신의 일에 관심이 많다고 해서
꼭 그들과 사귀어야 합니까?

친구, 동료, 이웃으로 사귈 사람들을
선별하십시오.

사론 르벨, 『새벽 3시』 중에서

친구, 동료, 이웃은 당신의 운명에 영향을 줄 수 있는 사람들입니다. 따라서 살면서 되는 대로 아무나 사귀는 것은 위험천만한 일입니다. 중요한 것은 당신을 향상시켜 주는 사람들, 함께 있을 때 당신의 가장 좋은 모습을 보여주게 되는 그런 사람들을 사귀어야 합니다. 그리고 도덕적 영향력은 쌍방향이라는 사실도 명심해야 합니다. 나 자신 또한 함께 있는 사람들에게 내 생각, 말, 행동이 긍정적인 영향을 주도록 해야 합니다. 늘 자신에게 물어보십시오. "내 친구, 이웃, 짝, 자식, 동료에게 영향을 주는 내 생각, 말, 행동은 과연 옳은 것인가?" 하고 말입니다.

타인과 비교하지 마라

인간의 마음속에는
두 가지 상태가 있다.

첫째는 타인과 비교로 인한
불평·불만이 그것이다.

자신보다 더 많이 소유하고
행복한 사람을 볼 때,
불평·불만이 생겨난다.
'누구는 저렇게 아름다운 얼굴과
많은 재산을 갖고 있는데, 나는…….
그때 우리는 불행을 느낀다.

둘째는 역시 비교로 인한 위안이다.
'나보다 더 못나고

가난하고 못사는 사람도 많은데……'
그때 우리는 행복해진다.

임숙경, 『배꼽철학』 중에서

더 가진 자와 비교하지 않으며 덜 가진 자와
도 비교하지 않을 때, 인간은 비로소 진정한 평화와 만족을 깨
닫고 느낄 수 있습니다. 이런 까닭에 물가에 앉아 고기를 탐하
기 전에 돌아와 그물을 짜는 편이 더 현명하고, 어떤 자리에서
남의 지혜를 탐하기보다는 집에 돌아와 책을 읽는 편이 더 나을
것입니다. 타인과의 비교를 통해 불행과 행복을 느낀다면 그
사람은 죽는 날까지 결코 행복해질 수 없습니다. 남과 비교하
는 삶을 살지 마십시오. 나는 유일무이한 '나'이기 때문에 나로
서 사는 것이 순리입니다.

돈이 전부는 아니다

당신이 진심으로 하고 싶은 일을 찾고,
그 일을 좇아가라.

부자가 되는 것은 그리 중요하지 않다.
왜냐하면, 당신이 원하는 길이 아닌,
다른 길은 모두
당신을 가난하게 만들기 때문이다.

왜 돈을 벌기 위해서
하고 싶지 않은 일을 하며
인생을 낭비하는가?

왜 당신의 인생을
좋아하지도 않는 일들로
가득 채우려 하는가?

말레네 뤼달, 『덴마크 사람들처럼』 중에서

돈은 우리 삶에서 필요한 하나의 요소이지만, 행복의 절대적인 필요조건은 아닙니다. 그런데도 사람들은 오직 돈을 벌기 위해 자기 인생을 온통 희생하고 낭비합니다. 그러나 이것은 천박하고 어리석은 일입니다. 행복하기 위해서 가장 중요한 것은 당신의 길을 가겠다는 열정을 갖고 용기를 내는 일입니다. 덴마크 철학자 키르케고르는 말했습니다. "어떻게 인간다울 것인가, 어떻게 나 자신을 찾을 것인가?"란 물음에 대해 "개인의 의무는 자신의 소명을 찾아내는 것이다. 내 운명을 이해하고, 나 자신에게 진실하고, 나의 삶과 죽음을 걸 수 있도록 소신을 찾아내야 한다."라고 답했습니다.

늘 죽음을 대비하라

오늘 이 순간에도
나는 죽을 수 있다.

미래의 내가 원하는 시점에서
최후를 맞고 싶다고 한들,
죽음은 맘대로 되는 것이 결코 아니다.

우리 모두에게
죽음은 늘 예고 없이 다가온다.
그래서 죽음은 내 삶의 일부,
즉 현재 진행형이다.

디트리히 그뢰네마이어, 『지금 이 순간』 중에서

인간은 유한한 존재입니다. 이런 까닭에 "오늘 당장 죽을 수도, 내일 죽을 수도 있다."라는 사실을 분명히 아는 것은 잘못된 생각이 아닙니다. 조금 슬픈 이야기지만, 우리는 매일매일 자신의 최후를 향해 달려가고 있을 뿐입니다. 그러나 죽음은 우리 모두에게 해당하는 일이므로 지나치게 심각하게, 또 예민하게 받아들일 필요는 없습니다. 그저 하루하루 충실하게 열심히 살면 그것으로 충분합니다. 오늘, 이 시간에 아름다운 삶을 즐기십시오. 내게 남은 시간이 얼마인지 인간의 능력으로는 전혀 예측할 수 없기 때문입니다.

지금 행복하게 살아라

인생을 산다는 것은 리허설이 아니며,
장담할 수 있는 것은
단지 오늘뿐이라는 것을 배웠습니다.

우리가 인생이 얼마나 멋진 것인가를
늘 잊고 산다는 것이 아이러니하지요.

살아갈 날이 계속 줄고 있으니
그런 생각을 많이 해야 할 텐데,
불행히도 까맣게 잊고들 삽니다.

삶의 여백을 만들고
진짜로 행복하게 사는 법을
스스로 배워야 합니다.

애너 퀸들런, 『어느 날 문득 발견한 행복』 중에서

인생은 '한 번뿐이란 사실'을 사람들은 늘 망각
하며 삽니다. 그 때문에 현재, 오늘을 희생하며, 행복을 이미
지난 과거에서 찾기도 하고, 예측할 수 없는 미래에서 찾기도
합니다. 그러나 과거도, 미래도 아닌 오늘, 지금 당장 행복해
지려고 노력하고 '지금 행복하다'라고 외칠 수 있어야 합니다.
이 순간은 다시는 맞을 수 없기 때문입니다. 특히 삶 속에서 여
백을 만들려는 노력과 함께 대단한 그것보다는 평범한 것, 거
창한 그것보다는 사소한 것, 막연하거나 추상적인 것보다는 구
체적이고 실질적인 것에서 행복을 찾고 느끼는 연습을 매일 매
일 해야 합니다.

악연은 빨리 끊어내라

이미 실패한 인간관계로 인해
괴로워하지 마세요.
그동안 당신도 아주 힘들었잖아요.

독(毒)은 독으로 풀어야
상처가 덧나지 않습니다.
흘러간 인연은
그냥 지나가게 내버려 두세요.

신영란, 『나를 위한 저녁기도』 중에서

세상에 나쁜 사람은 없을지 몰라도, '나쁜 인연', 즉 '악연'은 있습니다. 이 악연은 누군가가 먼저 그 고리를 끊어내지 않으면 고통은 계속됩니다. 이런 까닭에 당신을 아프게 한 사람이 떠오를 때마다 자신을 더 많이 사랑하십시오. 미움받는 사람보다 더 불행한 사람은 미움을 버리지 못하는 사람이랍니다. 이제라도 악연의 고리 따위는 가차 없이 끊어 버리고 좋은 인연만 생각하십시오. 옛날로 돌아갈 수 없다면, 추억조차도 저 깊은 곳에 묻어 버리십시오. 오늘 그토록 당신을 힘들게 한 인연도, 일도 결국은 다 지나갑니다.

지금 이 순간을 살아라

우리는 지금,
여기서 즐길 수 있는 힘을 잃어버린 채
내일을 위해 살고 있다.

그리고 내일이 와도 여전히 내일이다.
우리는 무지개를 좇는 아이들과 같다.
만약 무지개를 잡을 수만 있다면
얼마나 행복할까!

우리는 어리석게도 매일
공중누각만을 지으며 시간을 낭비한다.

오리슨 스웨트 마든, 『버리고 얻는 즐거움』 중에서

어제는 죽었음을 명심하십시오. 내일은 아직 태어나지 않았음을 기억하십시오. 당신에게 속한 유일한 시간은 지금 바로, 이 순간입니다. 그러나 우리는 어리석게도 잃어버린 기회, 이미 지나가 버린 수많은 일을 아쉬워하며, 또 내일을 기약합니다. "오늘은 내 것이라고 말할 수 있는 사람만이 행복하다. 내일이 아무리 힘들지라도 오늘을 산다고 말할 수 있으니까." 드라이든의 말입니다. 오늘 행복한 삶을 사십시오. 오늘 후회하지 않는 삶을 사십시오. 내일은 내일일 뿐, 이 시간 이후 내 운명이 어떻게 될지 아무도 모르기 때문입니다.

진정한 친구를 가져라

원래 상황이 좋을 때
다가오는 친구는
진정한 친구가 아니라고 생각하고,
처음부터 적당히 대해 주면 그만이다.

진정한 친구란
맑고 흐림에 관계없이
언제든 만날 수 있는 사람이다.

그런 친구가 하나도 없다면
인생은 너무나 쓸쓸하고 초라할 것이다.

모리야 히로시, 『지혜의 숲에서 고전을 만나다』 중에서

인간관계는 생사, 빈부, 귀천에 따라 변합니다. 즉 그 사람이 돈도 많고, 높은 지위에 있을 때는 사귀려고 안달하며 달려오는 사람도 많습니다. 그러나 몰락해서 돈도, 지위도 잃게 되면 이와 더불어 사람의 발길도 끊어지고 맙니다. 이런 까닭에 한 번 귀하고, 한 번 천하면 그 사귐을 아는 것이 세상의 이치이기에 요즘 진정한 친구를 만나기란 쉽지 않습니다. 그렇더라도 평소에 의식적으로라도 한두 명의 진정한 친구를 갖고자 노력하십시오. 진정 좋은 친구는 인생의 동반자로서, 내 인생을 더 행복하고 풍요롭게 해주기 때문입니다.

지금을 축복하라

지금의 당신,
그리고 당신이 받은
모든 것에 고마워하라.

갖지 못한 것에 대한 욕망으로
번민하지 말고,
가진 것에 대해
마음껏 감탄하고
이 축복을 만끽하라.

이 세상은 성취가 모자라는 것이 아니라,
감탄이 모자란 것임을 깨닫게 될 것이다.

구본형, 『나는 이렇게 될 것이다』 중에서

지금 서 있는 곳, 이 플랫폼이 어딘지 모르면 다음 역, 우리가 바라는 '희망 역'이 어딘지도 알 수 없습니다. 지금 이 순간 살아 있음에 감사하고, 지금을 축복이라고 여기십시오. 감사와 축복이 부족하면 지금 서 있는 땅에 발을 딛고 설 수도 없고, 삶을 즐길 수도 없고, 행복해질 수는 더더욱 없습니다. 그뿐만 아니라 지금 축복을 느끼지 못하면 인생은 늘 구질구질해집니다. 초라해집니다. 따라서 지금 감탄하고 축복하는 능력, 그것이 바로 당신의 진정한 행복입니다.

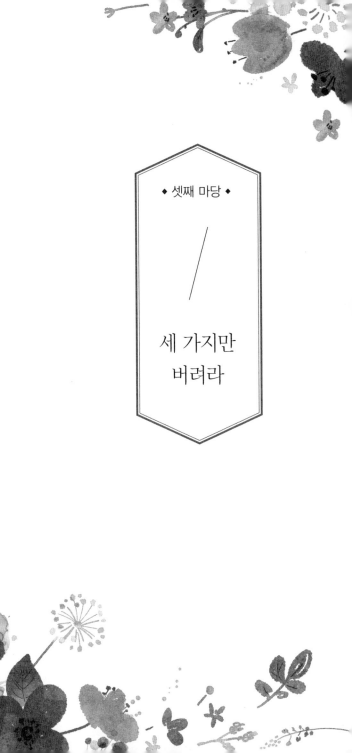

◆ 셋째 마당 ◆

세 가지만
버려라

세 가지만 버려라

허영심과 명예욕, 그리고 권세욕 따위를
마음속에서 깨끗이 없애라.
이 세 가지 욕심 때문에
인간의 마음이 한없이 흐려지고 때가 낀다.

또한, 이러한 마음의 때 때문에
많은 사람이 어리석음에 빠지기 쉽다.

명예욕이나 권세욕에 쏠리지 않는 담담함.
그것이 행복을 당신 편으로
끌어들이는 지름길이다.

박광연, 『인생의 지혜』 중에서

인간은 차이는 있을지라도 끊임없이 재물과 권세욕에 목말라 합니다. 그러나 이것은 인간의 허영심으로, 허영심이 크면 클수록 그만큼 불행도 더 커집니다. 그런데도 재물을 더 얻기 위해 수단 방법을 안 가리고, 또 권력에 아부도 서슴지 않습니다. 그러나 그 말로가 늘 비참함을 우리는 목격하며 살아가고 있습니다. 따라서 재물욕이나 권세욕으로부터 조금은 초연해질 필요가 있습니다. 행복은 결코 그들 속에 있지 않기 때문입니다.

그때를 기억하라

마지막으로 바다를 본 적이 언제였나요?
아침의 냄새를 맡아 본 적이 언제였나요?
아기의 머리를 만져 본 적이 언제였나요?

정말로 맛있는 음식을 맛보고
즐긴 적이 언제였나요?

맨발로 풀밭을 걸어 본 적이 언제였나요?
파란 하늘을 올려다본 적이 언제였나요?

아마도 기억이 잘 안 나는 분들이
더 많을 것입니다.

강영안 외, 『나는 어떻게 죽을 것인가』 중에서

우리는 어리석게도 늘 시간이 없다는 핑계로, 바쁘다는 이유로 지금 누려야 할 많은 것들을 포기하고 놓치며 삽니다. 임종을 앞둔 환자들의 마지막 소망은 "한 번 더 별을 보는 것, 한 번 더 바닷가를 거니는 것, 한 번 더 사랑하는 사람을 보는 것"입니다. 그렇다면 지금 우리가 해야 할 일이 무엇일까요? 죽지 않을 것처럼, 영원히 죽지 않을 것처럼 살지 말고 이미 죽은 사람으로 사는 것입니다. 그렇게 되면 지금의 삶은 덤인 셈입니다. 덤의 시간들, 순간들, 그것이 바로 '지금'입니다. 그래서 한마디로 추립니다. "자신의 현재를 맘껏 사랑하라! 내일 일어날 일은 아무도 모른다."

행복과 긍정적인 마음

우리의 마음은 자석과도 같다.
행복한 사람은
다른 행복한 사람을 끌어당긴다.

긍정적으로 생각하는 사람은
많은 기회를 끌어당긴다.
비딱한 사람은
삐딱한 사람을 끌어당긴다.

앤드류 매튜스, 『지금 행복하라』 중에서

사람들의 생각은 알게 모르게 파동을 일으키며 주변으로 전파됩니다. 그리고 서로에게 영향을 미칩니다. 행복한 사람 곁에 있으면, 나도 행복해집니다. 긍정적인 마음을 가진 사람 곁에 있으면, 모든 것이 긍정적으로 보입니다. 이심전심으로 마음의 파동을 상호 공유하기 때문입니다. 이런 까닭에 삶을 살면서 부정적이거나, 매사에 삐딱한 사람, 그리고 불평불만이 많은 사람은 가능한 한 멀리하는 것이 좋습니다. 이 역시 알게 모르게 나에게 전염되기 때문입니다.

사랑하며 살아라

세상 사람들이
서로 사랑하지 않는다면,
강자는 반드시 약자를 핍박할 것이고,
부자는 가난한 자를 업신여기며
신분이 높은 자는
비천한 자를 경시할 것이고
약삭빠른 자는
반드시 어리석은 자를 기만할 것이다.

세상의 모든 전란과 찬탈과 원한이
일어나는 까닭은
서로 사랑하지 않기 때문이다.

묵자, 『겸애』 중에서

갈등과 대립에 대한 묵자의 진단은 단호합니다. 묵자는 "서로 사랑하며 이롭게 해야 한다."라는 대안을 제시하였습니다. 그런데 오늘날은 '정치'가 '사랑'을 압도하고 있는 시대입니다. 우리는 '정치'의 길이 아닌, '사랑'의 길도 있다는 소중한 사실을 너무 오랫동안 잊고 살아왔는지도 모릅니다. 이 때문에 누가 적이고 누가 동지인지를 끊임없이 고민하면서, 자신의 안전한 자리를 잡고자 노심초사해 왔습니다. 그러나 이같은 삶은 우리에게 평화를 줄 수 없습니다. 따라서 더 늦기 전에 '구별하지 않고 모든 사람을 똑같이 사랑'하는 '겸애'의 길을 가야 합니다. 이것만이 갈등과 대립의 사회에서 평화를 지키는 유일한 길인 까닭입니다.

때로는 아이처럼 살아라

우리의 정신은
세 단계를 거치게 된다.

첫째는 '낙타'로 비유되는 정신이다.
아무런 반성 없이 일체의 사회적 관습을
맹목적으로 따르는 정신이다.

둘째는 '사자'로 비유되는 정신이다.
낙타와 달리 사자의 등에는
그의 의지를 무시하고 어떤 짐도 올릴 수 없다.
짐을 올리려면 사자를 죽여야만 한다.

세 번째는 인간이 반드시 도달해야 하는
'아이'의 정신이다.

니체, 『차라투스트라는 이렇게 말했다』 중에서

니체의 글에서 '아이'는 솔직함과 당당함을 의미합니다. '아이'는 과거를 맹목적으로 답습하기보다는 새로운 것을 창조하는 힘을 갖고 있습니다. 아이들은 자신이 느끼는 것을 그대로 가식 없이 토로하는 솔직함도 가지고 있습니다. 사람 대부분이 옳다고 해도 거기에 현혹되지 않는 자유인으로서의 당당함도 가지고 있습니다. 어른들은 "앞의 개가 그림자를 보고 짖으면 나도 따라서 짖어 대며" 살아가고 있는지도 모르겠습니다. 어른으로서의 제 역할이 절실히 필요한 요즘입니다. 어른들은 아이들의 거울이니까요.

죽음이 두렵더라도

모든 인간은 죽는다.
죽음은 혼자 걸을 수밖에 없는
외로운 길이다.

아무리 사랑하는 사람도
죽음의 문턱까지만 따라올 뿐,
그다음부터는 오직 나 혼자만 가야 한다.

그래서 죽음은
지독하게 무섭고 두려운 길이다.

강신주, 『철학이 필요한 시간』 중에서

죽음을 두려워하고 고민하느라 지금 우리는 놓
쳐서는 안 될 많은 것을 놓치고 있는 것은 아닌지 모르겠습니
다. 그것은 바로 우리가 죽은 존재이기에 앞서 살아가는 존재
라는 사실입니다. 죽음에 대해 고대 그리스의 현자 '에피쿠로
스'는 다음과 같이 말했습니다. "가장 두려운 악인 죽음은 우리
에게 아무것도 아니다. 왜냐하면 우리가 존재하는 한, 죽음은
우리와 함께 있지 않으며, 죽음이 오면 이미 우리는 존재하지
않기 때문이다. 그렇다면 죽음은 산 사람이나 죽은 사람 모두
와 상관이 없다. 그 까닭은 산 사람에게 아직 죽음이 오지 않았
고, 죽은 사람은 이미 존재하지 않기 때문이다."

유리할수록 경계하라

상대방보다
유리한 처지에 있을 때
더욱더 최선을 다해야 한다.

유리한 처지에 있다가
도리어 당하는 것은

내가 안도하고 있는 순간에도
상대방은 나를 이기기 위해
젖 먹던 힘까지 동원해
죽기 아니면 까무러치기로
덤벼들고 있다는 것을
알아차리지 못하기 때문이다.

송천호, 『인생에는 마침표가 없다』 중에서

불리한 상황에 있을 때 허점을 찔리는 것보다,
유리한 상황에 있을 때 허점을 찔리면 더 치명적인 상처를 입습
니다. 또한, 꼬불꼬불한 길보다는 반듯한 길에서, 비포장도로
보다는 포장도로에서 교통사고가 더 많이 자주 난다고 합니다.
이는 불리한 처지에 있을 때보다 유리한 처지에 있을 때 더 방
심하고 자만에 빠지기 때문입니다. 따라서 유리한 처지에 있을
때 더 살피고 경계하는 것이 올바른 삶의 지혜입니다. 특히 유
리할 때, 불리할 때를 미리 준비하고 대비하는 것이 더 큰 불행
을 막는 지름길입니다.

자신을 먼저 사랑하라

커피를 엎질렀을 때도,
자신을 사랑하세요.
윗사람이 소리를 지를 때도,
자신을 사랑하세요.
감기에 걸렸을 때도,
자신을 사랑하세요.

카드청구서가 날아왔을 때도,
자신을 사랑하세요.
은행 잔액이 마이너스가 되었을 때도,
자신을 사랑하세요.
지갑을 잃어 버렸을 때도,
자신을 사랑하세요.

사랑하는 사람이

친했던 친구와 함께 달아나 버렸을 때도,
자신을 사랑하세요.

로렌스 크래인, 『Love yourself』 중에서

살면서 무슨 일이 일어나도 자기 자신을 먼저 사랑하세요. 세상은 지금까지 그래 왔듯이 이상하게 돌아갈지 모르지만, 당신이 자신을 사랑하는 순간부터 변할 것입니다. 자신을 사랑하세요. 세상은 당신을 위해 긍정적으로 변하게 될 것입니다. 그러면 당신의 세상은 행복으로 가득할 것입니다. 무조건 자신부터 사랑하세요. 그동안 부정적인 것들에 덮여 드러나지 못했던, 행복하고 사랑이 넘치는 당신이 그 자리에 남아 있을 것입니다. 나를 나 스스로 사랑해야 남도 나를 사랑해 준답니다.

먹고 살고자 일하지 마라

우리는 왜 일을 하는가?
단지 먹는 것 때문만이 아니라,
인간으로서
오늘보다 발전된 내일을 위해
일하는 것이다.

물론 돈은 목적이 아니라,
도구에 불과하다.
최종 목적은 인간 생활의 향상,
그 자체다.

세상을 위해 값어치 있는 일이라면
돈은 자연히 따라온다.

마쓰시타 고노스케, 『인생의 담의』 중에서

많은 사람이 주먹 크기의 작은 '위'를 채우기 위해 악착같이 돈을 벌고 돈을 벌기 위해 수단과 방법을 안 가립니다. 많이 가진 자들이 덜 가진 자의 것을 빼앗기도 하고, 부당한 방법으로 돈을 모으기도 해 손가락질을 당하기도 합니다. 돈이 삶의 목적이 된다면 불행한 인생을 사는 것입니다. 그러나 하는 일에 의미를 부여하고, 또 일을 사랑하며, 그 일을 통해 돈을 번다면 인생은 풍요롭고 근심 걱정도 필요 없을 것입니다. 어차피 인생은 '공수래공수거(空手來空手去)'인 까닭입니다.

비우는 삶을 살라

우리는 항상 비우며
살아가야 합니다.

속된 말로
털어야 할 때 털고,
정리해야 할 때 정리해야 합니다.

그러면 인생이 새롭게 전개되고
자신을 성찰하게 되어
겸허해지는 것입니다.

탐욕에 눈이 멀어
계속 채우려 하면,
잔이 넘치고
계속 넘치다 보면
결국, 망하고 맙니다.

김용한, 『짧은 글 큰 지혜』 중에서

다산 정약용 선생은 "가득 차면 반드시 망하고, 겸허하면 반드시 존경받는다."라고 했습니다. 우리는 권력을 지나치게 휘두르거나 운 좋게 떼돈을 번 사람들의 불행한 말로를 자주 목격합니다. 그들이 권력을 다른 사람들과 나누어 갖거나, 번 돈을 좋은 데 사용했더라면 오히려 더 존경받았을 것입니다. 지나친 욕심을 버리고 겸허한 마음으로, 어느 정도 차면 비워 내는 마음가짐으로 산다면, 멋진 삶, 행복한 삶이 될 것입니다. 비우십시오. 나누십시오. 나도 모르게 행복해집니다.

여유로운 마음으로 살아라

100%를 추구하는 사람은
그 이면을 보면 실패를
극도로 두려워하는 사람이다.

실패하지 않을까 불안해서
필요 이상으로 전력 질주를 해버리는 것이다.
인생 전부를 전력 질주로 통과하는 일은
불가능한 일이다.
만일 가능하다 해도
그렇게 사는 것은 무미건조한 일이다.

조깅도, 운전도 가끔 휴식을 취하면서
차라도 한 잔 마시고,
경치도 감상하고
잠깐 낮잠이라도 자면서
하는 편이 훨씬 좋은 것이다.

사이토 시게타, 『순조롭게 나이를 먹는 좋은 습관』 중에서

전력 질주를 해도, 여유 있게 가도 누구나 다 한 번뿐인 인생입니다. 인생을 살다 보면 꼭 100점을 받지 않아도, 80점을 받는다 해도 큰 문제가 없다는 것을 깨닫게 될 것입니다. 또한, 단 한 번 100%를 달성하는 것보다는 항상 80%를 유지하는 편이 결과적으로 득이 되는 것이 인생입니다. 자신을 채찍질하며 급히 가다 한순간 쓰러지기보다는 천천히 넘어지지 않고 꾸준히 가는 인생이 더 낫지 않나 싶습니다. 어느 쪽이든 80%만 하면 실패가 아닌 까닭에 스스로 좌절할 필요도 없고, 자신을 비하할 필요는 더더욱 없지 않을까요. 여유를 가지고 천천히 가십시오.

뿌린 대로 거둔다

효도하고
순종하는 사람은
또한, 효도하고
순종하는 자식을 낳을 것이며,

어버이의 뜻을 거스르는 사람은
또한, 어버이의 뜻을 거스르는
자식을 낳을 것이다.

믿어지지 않는다면
저 처마 끝의 낙숫물을 보라.
방울방울 떨어짐이 조금도 어긋남이 없다.

이규호, 『에세이 명심보감』 중에서

부모는 자식들이 태어나 맨 처음 대하는 남자이자, 여자입니다. 그리고 부모는 자식들의 '거울'이라고 했습니다. 이런 까닭에 콩 심은 데 콩이 아닌, 팥이 날 수는 없는 일입니다. 따라서 자식들 앞에서 부모가 늘 모범적이어야 자식들 역시 올곧게, 건강하게 자랄 수 있습니다. 그런데도 오늘날 많은 부모가 그렇지 못합니다. 문제아는 스스로 만들어지지 않습니다. 문제 부모가 문제 아이들을 만들 뿐입니다. 따라서 올바른 부모의 역할은 강조하고 또 강조해도 결코 지나치지 않습니다.

하루하루를 소중히 하라

현재의 이 시간이
더할 수 없는 '보배'다.

사람은 그에게 주어진 인생의 시간을
어떻게 이용했는가에 따라
그의 장래가 결정된다.

만일 하루를
헛되이 보냈다면 큰 손실이다.
하루를 유익하게 보낸 사람은
하루치 '보물'을 캐낸 것이다.

전옥표, 『이기는 습관』 중에서

인간의 생명은 유한합니다. 그 누구도 죽음이
란 의식을 피할 수는 없습니다. 이런 까닭에 인생의 향방은 아
주 단순한 갈림길에서 갈라지게 됩니다. 즉 오늘 어떤 카드를
선택하느냐에 달려 있습니다. 오늘 하루를 소중히 생각하고 열
심히 산 사람은 성공이란 월계관을 쉽게 쟁취할 수 있습니다.
그러나 오늘 하루를 무의미하게 낭비하며 아무렇게나 산 사람
의 끝은 보나 마나 뻔합니다. 따라서 소중한 하루하루를 사는,
그것이야말로 후회 없는 삶을 사는 지혜입니다.

사람을 귀하게 여겨라

돈보다 사람이 더 중요합니다.
다른 것은 못 얻어도
사람을 얻으면 다 얻은 것이 됩니다.

그러나 다른 것은 다 얻어도
사람을 잃으면
모든 것을 다 잃은 것이 됩니다.

나에게 물질이 조금 부족해도
좋은 친구, 진정한 친구가 있다면
그 사람은 부자입니다.
친구가 없는 부자는
더 이상 부자가 아닙니다.

이대희, 『희망』 중에서

만나는 사람 모두를 귀하게 여겨야 합니다. 이 과정에서 우정을 나눌 수 있는 좋은 친구를 만난다면 당신은 행운아입니다. 나이가 들수록 우정을 나누고 친교할 수 있는 친구가 필요합니다. 혹시 돈 때문에, 사소한 오해 때문에 친구와 사이가 멀어진 경우가 생각난다면, 지금 즉시 전화하십시오. "지난번 정말 미안했어. 용서해 줘. 언제 한 번 만날래?"라고 말입니다. 친구를 한 번 잃으면 다시 구하는 데 많은 시간과 노력이 필요하기 때문입니다. 좋은 친구를 많이 가지십시오. 친구는 황금보다 귀한 내 인생의 자산입니다.

삶의 속도를 조절하라

인생을 사는 속도는 사람마다 다르다.
그런데 대개 사람들은
스포츠카를 타고
고속도로를 달리고 싶어 한다.

하지만 너무 빠른 속도로 달리면
사고를 당하기 쉽고
주변의 풍경을 눈에 담기도 어렵다.

두 다리로 천천히 걸으면서
꽃도 보고
사람도 만나면서 가라.

조금 늦기는 하겠지만,
목적지에 일찍 도착한다고 해서
더 갈 곳이 있는 것도 아니지 않은가?

이근영, 『막시무스의 지구에서 인간으로 유쾌하게 사는 법』 중에서 우리는 보릿고개를 이기는 과정에서 잘 먹고 잘살기 위해 '빨리빨리 문화'를 만들어 냈습니다. 빨리빨리 사는 것이 꼭 나쁘다고 할 수는 없습니다. 그러나 지금은 어느 정도 여유도 있고, 잘살게 되었음에도 여전히 과거의 습관에서 벗어나지 못하고 있습니다. 그런데 각자가 정한 목적지에 도달하는 시간은 큰 차이가 없습니다. 따라서 앞만 보고 달려가는 삶에서 옆도 살피고, 뒤도 돌아보는 여유로운 삶을 사십시오. 여유를 가져야만 예쁜 꽃도 볼 수 있고, 멋진 풍광도 만날 수 있습니다. 오늘 이 순간은 다시는 되돌릴 수는 없는 까닭입니다.

운명론에서 벗어나라

우리가 아무리 운동을 하고
몸에 좋은 음식을 먹고
병원에 자주 간다고 하더라도
죽음을 피할 수는 없다.

모든 사람은 결국 죽게 마련이다.

하지만 살아 있다고 다 살아 있는 걸까?
우리가 불가피한 죽음을 막을 수는 없겠지만,
주어진 시간 동안 어떻게 살 것이냐의
통제권은 가지고 있다.
그것이 길든 짧든 말이다.

인생에서 중요한 것은 '양'이 아니라 '질'이다.

스테판 M. 폴란 & 마크 레빈, 『2막』 중에서

운명론은 사실 인간을 무기력하게 만듭니다. 만일 우리가 자신의 인생과 행복에 대한 통제권을 내가 아닌 다른 외부에 허용한다면 그것은 사는 것이 아니라, 그냥 존재하는 것입니다. 다시 말해서 신이 우리에게 부여한 시간을 소모하면서 종말을 기다리며 마지못해 사는 흉내를 내는 것에 불과합니다. 우리가 인생을 책임질 수 있다고 믿는 것은 교만이 결코 아닙니다. 따라서 신이 내게 부여한 자유의 시간을 맘껏 활용해야 합니다. 미래를 손아귀에 꽉 쥐고 행복을 추구하는 것이 우리의 진정한 삶이 되도록 해야 합니다. 인생은 우리에게 내려진 단 한 번의 축복이기 때문입니다.

오늘의 삶에 충실하라

오고 가는 세월을 통하여
소망과 회한이 교차하기도 합니다.
누구에게나 아쉬움이 남기 마련입니다.

우리는 언제나 현실에 충실해야 합니다.
후회 없는 오늘을 살아야 합니다.

'순간을 충실하게 사는 능력'은
삶의 중요한 요소 중의 하나입니다.
그것은 간단한 것처럼 보이지만
사실 어려운 것입니다.

과거의 추억이나
미래에 대한 불안을 떨쳐 버리고
현재, 오늘의 삶에 충실할 때

우리는 우리의 가장 확실한
삶의 주체가 될 수 있을 것입니다.

E. K, 『그대, 때때로 바보가 되라』 중에서

　　인간인 까닭에 한평생 후회 없는 삶을 살기란
쉽지 않습니다. 그런데 인생은 마라톤이라고 했습니다. 따라서
후회 없는 인생을 살기 위해서는 미래보다는 오늘, 이 순간의
시간에 충실한 삶을 살아야 합니다. 결국, 이 순간순간들이 쌓
이고 쌓여 한 사람의 성공한 인생과 실패한 인생을 결정하기 때
문입니다. 물론 성공한 인생을 사느냐, 실패한 인생을 사느냐
의 선택은 그 사람의 선택이자, 자유입니다. 그런데 기왕 선택
해야 한다면 성공한 인생을 택하십시오.

감사기도

때때로 병들게 하심을 감사드립니다.
인간의 약함을 깨닫게 해주시기 때문입니다.

가끔 고독의 수렁에 내던져 주심도 감사합니다.
그것은 하느님과 가까워지는 기회이기 때문입니다.

일이 계획대로 안 되게 하심도 감사드립니다.
그래서 저의 교만을 반성할 수 있습니다.

아들, 딸이 걱정거리가 되게 하시고
부모와 형제, 이웃이 짐으로 느껴질 때가
있게 하심을 감사드립니다.
그래서 인간 된 보람을 깨닫기 때문입니다.

이윤배, 『삶을 아름답게 꾸미고 싶을 때 읽는 책』 중에서 인생을 살다 보면 감사할 일이 참으로 많다는 것을 느끼게 됩니다. 지금 살아 숨 쉬고 있는 일, 가족이나 사랑하는 사람이나 친구와 함께 하는 일 등등. 그런데 우리는 좋은 일, 잘된 일에만 감사할 뿐, 잘못된 일, 슬픈 일, 어려운 일이 생기면 누군가를 원망하고 좌절하고 포기하고 맙니다. 사실 그것도 생각하기에 따라서는 나에게는 축복일 수 있는데도 말입니다. 따라서 기쁜 일이든, 슬픈 일이든 늘 감사하는 마음으로 받아들이며 산다면, 좀 더 풍요로운 인생을 살 수 있지 않을까요?

한 번에 한 걸음씩 가라

'한 번에 한 걸음씩'
그것이 당신이 할 수 있는 것이다.
그것이 당신이 해야 할 일이다.

물론 자신이 가고 싶은 곳을
멋지게 그려 놓았을 것이다.

그러나 한 번의 도약으로
그곳에 이를 수는 없다.

한 번에 한 걸음씩 걸어야
원하는 곳에 이를 수 있다.
그것이 우주의 안내를 받는 방법이다.

멜로디 비에티, 『사랑하라, 그리고 하고 싶은 일을 하라』 중에서

"천 리 길도 한 걸음"부터라는 속담이 있습니다. 목표를 정하고 그 목표를 달성하고자 단숨에 날아오르거나 뛰어오를 수는 절대 없습니다. 모든 일은 순서가 있고, 질서가 있고, 수행해야 할 규칙이 있기 때문입니다. 산 정상에 오르기 위해서는 아래서부터 한 걸음 한 걸음 꾸준히 올라야 합니다. 이런 까닭에 인내와 꾸준한 노력이 뒷받침되어야만 비로소 소망하는 것들을 이룰 수 있습니다. 인생도 마찬가지입니다. 한 걸음 한 걸음 묵묵히 가다 보면 자기도 모르는 사이에 정상에 서 있는 자신을 발견하게 될 것입니다. 꾸준히 가십시오.

당당해져라

'No'라고 말하고 싶은데
'Yes'라고 말한다.

상대방이 약속을 어겨도 참는다.
말하지 않고 모든 걸 꾹 참는다.
자신의 인생을 남이 좌지우지하게 둔다.

인생을 두려움에 맡겨 버린다.
깊은 상실감에 헤어나지 못한다.
준비되지 않았다는 생각으로 물러선다.

마크 고울스톤, 『내 인생에 버려야 할 40가지』 중에서

상대방의 반응이 두려워 받아들일 수 없는 행
동에 마지못해 동의하고, 화가 나면서도 반대하지 못하는 상황
에 부닥친다면, 당신은 단순히 그 사람이나 그 상황을 피하려
하고 있는지도 모릅니다. 그 사람이 당신의 인생에 중요한 역
할을 하는 사람이라면 그렇게 할 수도 있을 것입니다. 그러나
싫으면서도 그런 일을 계속 방관하는 것은 어리석은 일입니다.
그런 상황에서 벗어나는 유일한 방법은 "그만해, 싫어!"라고 당
당히 말하는 것입니다. 나는 내 인생을 살아야 하니까요.

인생은 후반전이다

축구에서 진(眞) 맛은 후반전이다.
야구의 진(眞) 맛도 9회 말이 아닌가.

그렇다.
후반전이 중요하다.
후반전을 잘 뛰는 선수가 진짜 프로다.
'끝이 좋으면 다 좋다.'는 말은
그래서 과장된 표현이 아니다.

그러나 아직 전반전을 뛰고 있는
인생 선수들에게
이 말은 꼭 전해 주고 싶다.

인생의 후반전을 제대로 즐기려면
전반전에 못 이겨도 좋고
점수 좀 잃어도 좋으니
몸은 망치지 말아야 한다고.

축구 선수가 전반전에
발목을 삐끗하면
심기일전해도
후반전에 골을 넣을 수 없지 않는가.

권용주, 『인생은 후반전이다』 중에서

돈이 된다면 야간근무도 마다하지 않는 이들에 겐 공통점이 있습니다. 그들은 돈을 위해 천만금을 주고도 결코 살 수 없는 소중한 건강을 담보한다는 것입니다. 이 때문에 그들이 가는 터널엔 '일 중독'이란 무서운 질병이 기다리고 있을 뿐입니다. 이미 놓친 물고기는 다시 잡기 어렵듯, 한번 잃은 재산 역시 다시 모으기란 녹록지 않습니다. 그러나 한번 잃은 건강을 다시 회복하기란 그보다 몇 백 배 더 힘들고 어렵습니다. 그러므로 인생 후반전을 위해 전반전에 힘을 지나치게 소진해서는 안 됩니다. 힘을 아끼고 건강을 지켜야 합니다. 인생 후반전이 있으니까요.

세 가지 귀중한 금

세상에는 세 가지 귀중한 금이 있다.
'소금', '황금', 그리고 '지금'이다.

지금 행복하지 않다면
누구도 장래의
행복을 보장해 줄 수 없다.

미래를 담보로 한 행복도
향수에 젖은 과거의 행복도
의미가 없다.
지금의 행복에 대한 집념이 필요하다.

김진혁, 『기회 Chance』 중에서

"왜 사는가?" 라는 질문에 남자들은 '성공하기 위해서'라고 말하고, 여자들은 '행복해지기 위해서'라고 말합니다. 여자의 수준이 남자보다 한 단계 더 높습니다. 지금 이 순간, 지금 행복해야 함에도 인간은 늘 불투명한 미래에서 행복을 찾고자 동분서주합니다. 그리고 오늘 이 중요한 순간을 희생시킵니다. 그러나 과거는 이미 지나 버렸고, 미래는 전혀 모릅니다. 그러니 오늘 이 순간 행복해야 합니다. 오늘 하루는 푸르고 맑지만, 내일은 비가 올지도, 내가 존재하지 않을지도 모르기 때문입니다.

인생은 도전이다

사람의 한평생은
그 어느 것과도 바꿀 수 없는
뜻깊은 도전이다.
그것은 다른 무엇으로도
측정될 수 없는 고유한 것이다.

인생이
'살 만한 가치가 있는 것이냐?'
하는 질문은 무의미하다.
아마 손익계산서를 가지고
인생을 셈하다 보면,
인생이란
결국, 살 만한 가치가 없어질 것이다.

에리히 프롬, 『건전한 사회』 중에서

'인생이란 살 만한 가치가 있느냐?'는 식으로 따지지는 마십시오. 그처럼 유치하고 무의미한 발상은 따로 없기 때문입니다. 그 대신 우리의 삶은 고귀한 '신의 선물'이라고 생각하십시오. 다른 어떤 말과 생각으로도 '신의 선물'을 물리칠 명분은 없기 때문입니다. 오히려 당당히 도전해 볼 일입니다. 인생은 바로 도전입니다. 성공하느냐, 실패하느냐는 그다음의 일입니다. 그런데 보통 사람들은 도전하기도 전에, 성공과 실패를 먼저 따집니다. 그리고 망설이다 끝내 포기합니다. 결국, 스스로 성공의 문을 닫아 버리는 것입니다.

인생 성패는 나 하기 나름

인생이란 단지
기쁨도 아니고 슬픔도 아니며,
그 두 가지를 지향하고
함께 종합하고 나가는 과정에서
파악되어야 한다.

커다란 기쁨도
커다란 슬픔을 부러워할 것이며,
또 깊은 슬픔은
깊은 기쁨으로 통하고 있다.

자기가 할 일을 발견하고,
자기가 하는 일에
신념을 가진 자는 행복하다.

사람의 가치는

물론 진리를 척도로 하지만,

그가 가지고 있는 진리보다도

그 진리를 찾기 위해서

맛본 고난에 의해서 개량되어야 한다.

칼라일, 『과거와 현재』 중에서

각자의 인생은 각자 어떻게 하느냐는 선택에
전적으로 달려 있습니다. 등산을 생각해 보면 쉽게 이해할 수
있습니다. 즉 산을 오르다 보면 평지도 있고, 쉬운 내리막길도
있고, 숨 막히게 힘든 오르막길도 있습니다. 이것이 바로 우리
인생입니다. 따라서 지금까지 내려놓지 않고 있는 삶의 봇짐을
고난과 함께 짊어지고 가는 것도 인생을 더욱 풍요롭게 하는 일
이 될 것입니다. 평지만을 끊임없이 달려간다면, 그것 역시 무
료하고 싫증날 테니까요.

믿는 대로
된다

믿는 대로 된다

행운을 믿으면
행운이 오고
불행을 믿으면
불행이 오는 법이다.

잘못된 일 하나 없이
평화롭게 흘러가는
하루가 있는가 하면
'차라리 잠자리에서 일어나지 말걸' 하고
후회하는 날도 있다.

검은 안경을 끼고 보면
온통 세상은 검게 보이고,
노란 안경을 끼고 보면
세상의 모든 것이 노랗게 보이기 마련이다.

데이비드 J. 리버만, 『나에겐 분명 문제가 있다』 중에서

살다 보면 때로 인생이 불공평하고 잔인하기
까지 함을 종종 느낍니다. 그러나 그렇다고 해서 늘 최악의 순
간이 우리를 기다리고 있는 것은 아닙니다. 그렇게 생각하는
습관을 버리고, 최고가 될 것이라고 마음속으로 외쳐야 합니
다. 그러면 분명 좋은 일들이 일어나기 시작할 것입니다. 모든
것은 마음먹기에 달렸습니다. 따라서 한평생의 삶이란 그리 어
려운 것이 아닙니다. 우리 스스로가 알게 모르게 인생을 어렵
게 만들며 살아가고 있을 뿐입니다.

최고가 되고 싶다면

자신의 약점을 연구하고
강점을 개발하기 위한
훈련을 게을리하지 않는다면,

압박감을 해결할 준비가 되었다는
인식에서 나오는 자신감과
배움에 대한 의지만 있다면
최고가 될 수 있다.

목표는 적당하고,
실현 가능하고,
글로 기록한,
기한이 있는 꿈이어야 한다.
희미한 잉크가
최고의 기억력보다 낫다는 것을 명심하라.

켄 쉘튼, 『인생의 조언』 중에서

'**최고가** 되기 위해서'는 반드시 일정한 대가를 지불해야 하고, 절대로 포기해서는 안 되며, 또한 일정한 시간을 투자해야만 합니다. 더도 덜도 말고 오늘 자신에게 소중한 것에 대한 대가를 확실하게 지불하십시오. 또 확실하게 더 많이 얻고 싶다면, 자신의 부가가치를 스스로 높여 가야 합니다. 그런데 부가가치를 높이기 위해서는 부단한 노력과 함께 최고가 되겠다는 의지가 있어야 합니다. 세상에 공짜는 없습니다.

참된 삶을 살려면

간이 병들면
앞을 볼 수 없고
콩팥이 병들면
소리를 들을 수 없다.

병은
사람이 보지 못한 곳에서 생기지만
사람이 보는 곳에서 나타난다.

그러므로 참된 인간이란
사람이 밝게 보는 곳에서
죄를 드러내지 않으려면,
먼저 사람이 보지 않는 곳에서
죄를 짓지 말아야 한다.

서근석, 『재미있는 채근담』 중에서

사람들은 어느 정도 이중적인 성격을 지닌 채 살아갑니다. 그 까닭은 알게 모르게 다른 사람의 시선을 의식하며 살아가기 때문입니다. 그러나 우리는 대부분 오늘 거리에서 마주친 수없이 많은 사람을 거의 기억하지 못합니다. 그들이나 나나 서로에게 관심이 없기 때문입니다. 따라서 타인의 시선이 있건 없건, 늘 한결같은 소신과 양심대로 산다면 문제 될 것은 조금도 없을 것입니다. 최소한 타인이 본다고 해서 죄를 짓지 않고, 보지 않는다고 해서 죄를 짓지는 않을 테니까요.

성공을 원한다면

우리가 진정으로
성공을 원한다면
두 가지 사랑이 필요합니다.

첫째 사랑은
목표를 갖는 것이며,

둘째 사랑은
나 자신을 변화시키는 것입니다.

김형수, 『성공하는 나로 변화시키는 참 좋은 생각』 중에서

사랑은 무엇이든 이룰 수 있습니다. 특히 자기 자신을 사랑하는 것은 성공을 위한 시작입니다. 무엇보다도 성공을 원한다면 당신이 시작하고자 마음먹은 일부터 사랑해야 합니다. 그리고 당신이 알고 있는 이들이 당신의 일을 사랑하게 해야 합니다. 알베르 카뮈는 "미래를 사랑하는 마음은 현재 최선을 다하는 마음"이라고 했습니다. 현재 최선을 다한다면 성공은 저절로 당신을 향해 달려올 것입니다.

조금 안다고 자랑하지 마라

지혜로운 사람은
과거·현재·미래를 훤히 내다보며,
시간은 사람이 빨리 가게 할 수도
느리게 가게 할 수도
멈추게 할 수도 없다는 것을 알기 때문에,
오래 산다고 기뻐하지도 않고
빨리 죽는다고 슬퍼하지도 않는다.

사람은 평생을 살아도
일부만을 깨달을 뿐이고
세상 대부분을 모른 채 죽어간다.

그러므로 사람은 무엇을 조금 안다고
자랑해서는 안 된다.
그가 아는 것은
세상의 아주 일부분에 지나지 않기 때문이다.

유인태, 『장자의 지혜』 중에서

사람은 태어나면서부터 고통과 근심 속에 삽니다. 그런데도 사람들은 오래 살기를 바라며 온갖 수단을 다 동원합니다. 그러나 사람이 오래 살면서 누리는 기쁨은 고통스러웠던 시간에 비하면 너무나 짧은 까닭에 조금 더 오래 살려고 발버둥 치는 것은 어리석은 일입니다. 특히 조금 안다고 자랑하는 것은 자존감이 부족한 사람들이 흔히 부리는 허장성세입니다. 왜냐하면 사람은 평생을 살아도 세상의 극히 작은 일부만 보고 느끼며 살다 죽기 때문입니다. 광활한 우주 속에서 지구가 티끌에 불과하듯, 내가 알고 있는 것 또한 티끌에 불과하다는 것을 명심하고 늘 남 앞에 겸손할 일입니다.

좋은 습관을 가져라

습관은 우리를 성공하게 하거나
실패하게 만든다.

좋은 습관은 익히기 어렵지만
그것을 익히면 세상을 살기가 쉬워진다.
나쁜 습관은 얻기 쉽지만
평생 그 습관을 지닌 채 살아가기란 매우 힘들다.

보통 좋은 것들이 그런 것처럼
훌륭한 습관은
결국, 우리 자신이 선택하는 것이다.

지그 지글러, 『정상에서 만납시다』 중에서

우리가 익히는 습관이 알게 모르게 자신을 만
듭니다. 평소에 하나씩 쌓아 가는 습관이 성격을 만든다는 것
은 진실입니다. 따라서 좋은 습관은 자연스럽게 나와야 하며,
성공과 행복은 바로 이런 것들로부터 이루어집니다. 그러나 나
쁜 습관은 아주 쉽게 시작되지만, 당신이 눈치채기도 전에 당
신의 것으로 굳어 버립니다. 나쁜 습관이 당신을 지배하게 되
면 참담한 인생이 되고 맙니다. 그러나 우리가 한 가지 알고 있
는 분명한 사실이 있습니다. 나쁜 습관은 잘못된 학습에서 비
롯되지만, 그것을 배울 수 있는 것이라면 고칠 수도 있다는 평
범한 사실입니다.

행복한 모습을 늘 상상하라

한 번 상상해 보라.
행복, 감사, 사랑과 같은 긍정적인 것들을
습관처럼 느끼는 당신의 모습을 말이다.
이것은 불가능한 일이 결코 아니다.
오히려 너무나 쉽다.

불행, 불평, 짜증을
습관적으로 익숙하게 느끼고 있는
지금 당신의 모습처럼 말이다.

행복과 불행이란
어떤 마음의 습관을 들이느냐에 달려 있다.

행복한 습관을 들여라.
그러면 언제나 행복이 함께할 수 있을 테니까.

전용석, 『아주 특별한 성공의 지혜』 중에서

자신이 행복하다고 생각하면 행복하고, 많은 사람이 저 사람은 성공한 사람이라고 말한다면, 그 사람은 성공한 사람이라고 할 수 있습니다. 특히 성공과 실패, 행복과 불행은 재능이나 능력의 문제가 아니라 좋은 습관에서 비롯됩니다. 좋은 습관은 좋은 결과를 낳기 때문입니다. 따라서 성공보다는 행복을 추구하는 일이 더 현명하고 옳은 일입니다. 그 까닭은 행복은 마음의 문제이고 주관적인 데 반해, 성공은 객관적이지만 성공한 사람이 반드시 행복한 것은 아닌 까닭입니다.

갈 길은 많아도

길은 가되
우리는 어떤 길을 가야 하겠습니까?

길에는 많은 종류가 있습니다.
넓은 길과 좁은 길.
참된 길과 거짓된 길.
정의의 길과 불의의 길.

이런 여러 길이 우리 앞에 놓여
우리가 선택하기를 기다리고 있습니다.

이정하, 『우리 사는 동안에』 중에서

우리가 가야 할 길에는 여러 종류가 있습니다. 그중에서 우리는 과연 어떤 길을 선택해 가야 할까요? 행복한 길을 선택하면 행복할 것이요, 불행한 길을 선택하면 불행할 것입니다. 결국, 우리 자신이 어떤 길을 선택하느냐에 따라 행복과 불행이 결정되는 셈입니다. 그런데 삶의 가치는 오래 사는 데 있는 것이 아니라, 한평생 얼마나 참되게 살았느냐에 있습니다. 그리고 어떤 길을 선택해 갈지는 오직 자신의 의지와 지혜에 달려 있습니다. 그래도 하나의 길을 가고자 한다면 행복한 길, 정의로운 길을 택해 가십시오.

화를 이기면 인생도 풀린다

살면서
화를 안 내고 사는 사람은 없다지만,
당신이 하루에도 몇 번씩
불쑥불쑥 화를 내는 사람이라면
세상 살기가 얼마나 피곤해질까?

여자들은
보통 화를 너무 참아서 병을 얻고,
남자들은
화를 표현하는 방법을 몰라서
폭력적으로 변한다.

그렇게 자신과 남을
가장 고통스럽게 하는 것이
바로 화(anger)이다.

화는 남의 탓도 아니고
내 탓도 아니다.

화를 다스릴 때마다
삶이 조금씩 즐거워진다.
결국, 화를 이기면 인생도 풀린다.

틱낫한, 『화(anger)』 중에서

세계에서 우리나라 사람에게만 있는 유일한
병이 바로 '화병(火病)'입니다. 한이 많은 민족인 까닭인지, 아니
면 유교의 덕분인지는 알 수 없으나, 화를 풀지 못한 채 마음에
묻고 사는 사람들이 많기 때문입니다. 그런데 그것이 결국에는
자신을 죽이는 흉기라는 사실을 모릅니다. 또 순간의 화를 참지
못해 패가망신한 사람들도 있습니다. 따라서 화가 나면 즉시 어
떤 식으로든 풀어 버려야 합니다. 짧은 인생을 화내며, 화 속에
서 사는 것은 참으로 어리석은, 인생을 낭비하는 일입니다.

단점은 감춰라

백 가지 장점은
한 가지 단점에 의해서 빛을 잃고,

백 가지 장점은
한 가지 단점에 의해서
헐뜯김을 면치 못한다.

그러므로 백 가지 장점을
드러내려 애쓰기보다는
한 가지 단점을
새어 나가지 못하도록 하는 것이
더 현명한 일이다.

송천호, 『인생에는 마침표가 없다』 중에서

‘성인군자’란 단점이 전혀 없는 사람이 아니라, 장점이 단점보다 많은 사람을 의미합니다. 이런 까닭에 나 자신이 가진 장단점 중에서 장점을 치켜세우면 ‘성인군자’가 되는 것이고, 단점을 치켜세우면 ‘소인배’가 되는 것입니다. 따라서 자신을 지키기 위해서는 어떤 경우에도 자신의 단점을 타인에게 내보이지 말아야 합니다. 단점은 장점을 한순간에 먹어 치우는 하이에나 같기 때문입니다. 그런데도 사람들은 쉽게 자신의 단점을 드러내 결국에는 후회의 눈물을 흘립니다.

진정한 행복

부(富)는 돈으로 이루어지는 것이 아니다.
최고의 만족을 주고,
숭고한 업적을 남기도록 우리를 자극하고,
우리가 자신의 임무를 다하고 있으며,
태어날 때 창조주에게서
받은 봉인된 메시지를
제대로 읽고 있다는 확신을 주는 것은
결코, 돈이 아니다.

진정한 부는 돈으로 얻을 수 없고,
돈과는 다르며,
상황에 따라 잃어버릴 수 있는 것이 아니다.

사랑이나 존경을 돈으로 살 수 없는 것처럼,
행복도 또한 그렇다.

오리슨 스웨트 마든, 『행복하다고 외쳐라』 중에서

돈, 그리고 돈이 가진 위력을 지나치게 강조하는 것은 참으로 어리석은 일입니다. 돈으로 물질적인 쾌락을 살 수는 있겠지만, 그런 덧없는 것을 위해 모든 삶을 돈 모으는 데 다 바친다면 행복의 기쁨이 과연 무엇인지 알 수 없습니다. 그렇다고 가난이 고상하다거나, 부자들을 천박하고 야비하다고 폄훼하고 욕하는 것이 아닙니다. 그런데 돈은 삶에서 꼭 필요한 것이지만, 인간의 욕망은 그 깊이가 한도 끝도 없어서 결코 채워지지 않습니다. 따라서 당신이 진정한 행복을 추구하고자 한다면, 그리고 영원히 지속하는 행복을 얻고 싶다면, 돈보다 더 고상한 동기가 있어야 한다는 의미입니다.

거짓말은 자신을 두 번 죽인다

거짓말을 한다는 것은
자신을 두 번 죽이는 꼴이 된다.

처음은 남을 속였으니
자신을 죽이는 것이 되고,

다음은 자신이 자신을 속이려 들었으니
또 한 번 자신을 죽인 것이 되기 때문이다.

원종성, 『노자의 세 가지 보물』 중에서

마음속의 그림자는 언제나 헛것이 아니라, 씨앗의 구실을 합니다. 참말은 씨앗을 피우는 구실을 하고, 거짓말은 쭉정이 구실을 하는 이치와 같습니다. 그런데 거짓말이란 그림자가 쭉정이인 것은 참으로 다행스러운 일입니다. 만일 거짓말이 꽃을 피워 열매를 맺는다면 세상의 옳고 그름이 뒤집힐 위험이 크기 때문입니다. 이런 까닭에 거짓말은 결국 패가망신의 지름길이기도 합니다. 따라서 거짓말을 하지 않는 것이 상책입니다.

지혜로운 사람이 돼라

지혜는
삶의 수많은 선택사항 중에서
유용하고 옳으며
남에게 전달할 수 있는
진리만 뽑아내는 능력이다.

지혜는 상식과 비슷하다.
올바른 길을 분별하는 직관력이다.
지혜는 숭고함과 신성함을
구별해 내는 상식이다.

지혜는 인생이라는 길고 긴 항해에서
암초를 찾아내고
더 나아가 그것을 뚫고
앞으로 나아가는 능력이다.

스티븐 그레이브스, 『최고의 리더 예수의 영향력을 배워라』 중에서

지혜의 일차적 의미는 '옳은 선택을 하는 능력'
입니다. 맞는 말이지만 그것이 전부는 아닙니다. 값비싼 융단
을 상상해 보십시오. 뒷면을 보면 실이 마음대로 엉켜 있고, 질
감도 고르지 않아 무슨 그림인지 전혀 알 수 없습니다. 즉 어떤
패턴도 알아차릴 수 없으며 무슨 그림인지도 알 수 없습니다.
따라서 아름다움도 느낄 수 없습니다. 그러나 뒤집어 앞면을
보면 놀랍게도 아름다운 패턴이 눈에 들어옵니다. 지혜란 이런
것이어서 아름다운 관점에서 인생을 보게 해줍니다. 따라서 지
혜를 갖는다는 것은 아름다워지는 것입니다. 지혜로운 사람이
되십시오.

첫인상에 현혹되지 마라

자기 귀에
제일 먼저 닿는 이야기만 믿고
뒤에 들리는 나머지 이야기는
모두 찬밥으로 취급하는 사람들이 많다.

그러나 거짓말은 발이 빨라서
먼저 도착하기 때문에
늦게 온 진실은
결국, 거짓들 속에 묻혀 그 힘을 잃고 만다.

한 가지 대상만 보고 결심을 해서도 안 되고,
한 가지 주장만 듣고 판단해서도 안 된다.
결심이나 판단은
지극히 피상적인 것이기 때문이다.

발타자르 그라시안, 『살아가는 동안 내가 해야 할 일』 중에서 처음 남녀가 만나 사랑을 시작하기 위해서는 3초면 충분하다고 합니다. 그러나 처음 본 상대방의 첫인상에 지나치게 현혹되지 마십시오. 왜냐하면 첫인상으로 피상적인 결심이나 판단을 한다는 사실이 남에게 알려지면 치명적인 피해를 볼 수 있기 때문입니다. 알렉산더 대왕은 첫 번째 보고를 들을 귀와 다른 내용의 보고를 들을 귀를 각각 열어 놓았다고 합니다. 이처럼 첫인상의 노예가 되지 말고, 두 번째 이야기는 물론 세 번째 이야기도 들어 보려는 마음의 자세가 필요합니다. 진실을 가리는 것은 그만큼 더 어렵기 때문입니다.

신뢰를 얻는 지름길

남들에게 신뢰를 얻고 싶다면,
스스로 다른 사람들에게
호의를 베풀지 않으면 안 된다.

사람은 얼굴 모습이 각기 다른 것처럼
사고방식이나 성격도 모두 다르다.

남들이 자신을 인정해 주기 바란다면,
자신 역시 상대를 잘 받아들여야 한다.
자신의 특징은 스스로 잘 느껴지지 않으나,
제삼자가 보면 분명하게 파악된다.

새뮤얼 스마일스, 『인격론』 중에서

자신이 남들과 다른 점을 다른 사람들은 어떻게 생각하고 있을까에 대해 지나치게 마음을 쓰는 사람들이 많습니다. 어떤 사람은 상대의 차가운 태도를 지나치게 심각하게 받아들여 절망하기도 합니다. 그러나 주위 사람들이 자신을 차갑게 대할 때는 자기 자신이 상대방에게 소홀히 했거나 경솔히 대한 경우가 대부분입니다. 따라서 그런 상대에게 먼저 화를 내서는 안 됩니다. 그렇게 되면 불필요하게 마음의 상처로 관계만 더 나빠질 뿐입니다. 따라서 상대방으로부터 호의를 얻고 싶다면, 자신이 먼저 손을 내밀고 호의를 베풀어야 합니다.

인간관계를 악화시키고 싶다면

만약 사람들이 당신을 피하고,
등 뒤에서 웃고,
심지어 경멸하게 만드는 법을 알고 싶다면
여기 그 비결이 있다.

상대방의 말을 끝까지 듣지 말라.
쉴 새 없이 당신 얘기만 늘어놓아라.

만약 다른 사람이 말하는 중간에
무슨 생각이 떠오르면
그 사람의 이야기가 끝날 때까지 기다리지 마라.

그는 당신만큼 똑똑하지 않다.
왜 그 사람의 쓸데없는 수다를 들으며
당신의 시간을 낭비하는가?
즉시 그의 말을 끊어 버려라.

데일 카네기, 『인간관계론』 중에서

194

대화는 상대가 있기 마련입니다. 그런데 대화 과정에서 자기 자신에 대해서만 말하는 사람은 자기 자신만 생각하는 사람입니다. 이런 까닭에 컬럼비아 대학 총장이었던 니콜라스 머레이 버틀러 박사는 "자기 자신만 생각하는 사람은 교양을 쌓을 가망이 없는 사람이다. 제아무리 교육을 받는다 할지라도 교양은 쌓을 수 없다."라고 말했는지도 모릅니다. 그러므로 대화를 잘하는 사람이 되고 싶다면, 관심을 갖고 먼저 상대방의 말을 진지하게 경청하는 사람이 되어야 합니다. 그리고 상대방이 자신에 관해 이야기하도록 격려해야 합니다.

'5-3=2'와 '2+2=4'

'5-3=2'라는 셈을 하면
오(5)해라도, 세(3) 번 생각하면
이(2)해할 수 있다고
적용하십시오.

'2+2=4'라는 셈도
이(2)해하고, 또 이(2)해하면
사(4)랑이 된다고
적용하십시오.

명성훈, 『좋은 일이 일어납니다』 중에서

196

세상을 살다 보면 크든 작든 오해가 생기기 마련입니다. 그런데 그 오해를 오래 묵히다 보면 서로 돌아올 수 없는 강을 건너게 되고, 결국 우정도, 사랑도, 돈도 잃게 됩니다. 따라서 오해가 생길 때는 재빨리 스위치를 '이해 모드'로 바꾸는 용기와 지혜가 필요합니다. 사소한 오해 때문에, 이해심이 부족해서 모든 것을 잃는 것은 슬픈 일입니다. 따라서 먼저 이해하고 사랑할 때 마음의 평화를 얻고 성공하는 사람이 될 수 있습니다. 먼저 사랑하십시오.

있는 힘껏 살아라

있는 힘껏 살아라.
그렇게 살지 않는 것은 큰 잘못이다.
살아갈 인생이 있는 한
구체적으로 무슨 일을 하느냐는
그리 중요하지 않다.

자신의 인생을 가졌거늘,
도대체 무엇을 더 가지려 하는가?
잃게 되어 있는 것은
결국, 잃게 되는 법이다.
이 점 명심하라.

아직 운이 좋아
인생을 더 살아갈 수 있다면,
모든 순간이 기회다.
열심히 살아라.

웨인 다이어, 『행복한 이기주의자』 중에서

이 세상에 태어난 이상 최선을 다하는 삶을 살아야 합니다. 왜냐하면, 인생은 누구에게나 공평하게 한 번만 주어졌기 때문입니다. 따라서 현재란 순간 속에서 삶에 대한 진정한 행복을 얻고자 원한다면, 먼저 자신을 사랑하는 법부터 배워야 합니다. 그리고 명예, 돈 등에 대한 지나친 욕심을 버려야 합니다. 태어나 현재 사는 자체가 큰 행복이자, 더없는 축복인 까닭입니다. 돈이나 명예는 이를 지키기 위한 그저 그런 도구에 불과할 뿐입니다.

자신의 내면을 늘 들여다보라

좀 더 자신의 내면에
관심을 집중시켜 보라.

그럼 그 안에서 당신 삶의 해답을
찾을 수 있을 것이다.
자신의 인생을 위해
더 현명한 선택을 할 수 있을 것이다.

자신에게 더 가까이 다가가려고 노력하다 보면
자신의 내부 세계와 더 강한 결속력이 생겨난다.
어떤 상황이든 헤쳐 나갈 수 있는
자신감과 자기 신뢰를 배울 수 있다.

쉐럴 리처드슨, 『네 자신의 편에 서라』 중에서

우리가 자신감과 자긍심의 기반을 다지기 위해서 먼저 해야 할 일은 너무나 간단합니다. 바로 자신의 내면과 함께 시간을 보내는 것입니다. 자신감과 용기를 찾아가는 여행에는 지름길도 없고, 미봉책도 없고, 손쉽게 치료해 줄 약도 없는 까닭입니다. 그뿐만 아니라 자신감과 용기는 당신 자신에게서 시작해 당신 자신에게서 끝나기 때문입니다. 따라서 지혜로운 삶을 원한다면 수시로 자신의 내면을 들여다보십시오. 그리고 지금 나 자신이 올바른 길을 가고 있는지, 잘못된 길을 가고 있는지 늘 확인해 보십시오. 당신은 누구보다도 더 행복한 삶을 살 수 있습니다.

오늘이 마지막인 것처럼 살아라

내일 당신이 장님이 될 것처럼
눈을 사용하세요.

내일 귀머거리가 될 것처럼
성악과 새의 노래와
오케스트라를 들으세요.

내일 당신의 감각 기관이 사라질 것처럼
당신이 만질 수 있는 것을 만져 보세요.

내일 당신이 미각과 후각을 잃을 것처럼
음식의 맛을 보고
꽃의 향기를 맡아 보세요.

헬렌 켈러의 『어록』 중에서

아침에 눈 뜨자마자 전화벨이 울리고 "오늘이 당신의 마지막 날"이라고 누군가가 전해 준다면 무엇을 하시겠습니까? '늘 내가 가진 것, 늘 내 곁에 있는 것들이 어느 날 내 곁에서 사라지기 전까지 얼마나 고맙고 얼마나 소중한 것인지 느끼지 못하는 것.' 그것이 바로 우리 인간이 가진 한계입니다. 보여서 참 좋고, 들려서 정말 좋고, 만질 수 있어서, 냄새를 맡을 수 있어서, 걸을 수 있어서 정말 기쁘고 고마운데, 우리는 늘 그 사실을 잊고 삽니다. 지금 창밖으로 시선을 한 번 돌려보세요. 보이고, 들리고, 만져지는 것이 모두 모두 축복입니다. 사는 순간순간 당신이 가진 모든 감각 기관을 다 활용하여 가능하면 많은 즐거움과 아름다움을 느껴 보십시오. 오늘이 마지막 날인 것처럼……

목적지를 잃지 않는다면

익숙한 것들과
이별해야 하는 시간이고
전혀 새로운 세계로
들어가는 시간이다.

새로 시작하는 길.
이 길도
나는 거친 약도와 나침반을 가지고 떠난다.

길을 모르면 물으면 될 것이고,
길을 잃으면 헤매면 그만이다.

중요한 것은
나만의 목적지가 어딘지
늘 잊지 않으면 된다.

한비야, 『중국 견문록』 중에서

가끔은 자신의 목적지에 대해 반문해야 합니다. '목적지는 분명히 정해져 있는지?', 또 '지금까지 목적지는 잃지 않고 잘 가고 있는지?'. 가다가 힘들 때도 자신의 목적지를 다시 한번 확인해야 합니다. 목적지가 잘못되었다면 그때부터라도 후회하지 않을 목적지를 정해야 나머지 인생을 후회 없이 살 수 있기 때문입니다. 그런데 대부분 그냥 그렇게 의미 없이 하루하루 살아갑니다. 그러고는 끝내 후회합니다. '인생을 잘못 살았다.'라고 말입니다. 그러나 그때는 이미 늦습니다.

새로운 변화를 원한다면

새로운 변화를 원한다면
지금까지 늘어놓기만 하고
정리하지 못했던
당신의 습관을 버려라.

가장 먼저 할 일은
자신의 주변을 정리하는 일이다.

고민거리를 정리하고
산재되어 있는 일들을 정리하고
생활 속의 사소한 것들마저
가볍고 실속 있게 정리해야 한다.

또 주어진 시간을
얼마나 잘 활용하고 있는지

점검한 후

시간을 다시 디자인하라.

박창수, 『새로운 미래를 design해라』 중에서

정해진 시간 내에 처리해야 할 일이 많다면, 이제부터는 우선순위를 정해 순서대로 하십시오. 대부분 바쁘다고 아우성치는 경우는 일의 경중을 무시한 채, 순서 없이 대응하기 때문입니다. 따라서 하나의 일을 끝낸 후, 다음 일을 진행하십시오. 일로 인한 스트레스가 줄어들 것이며, 일의 완성도 또한 높아질 것입니다. 한 가지 일을 끝낼 때마다 얻게 되는 자신감과 만족감은, 다음 일마저도 즐거운 마음으로 완성도 높게 처리하게 하는 원동력이 될 것입니다.

두 얼굴의 인생

인생은 어두울 때가 있는가 하면
밝을 때가 있어.
하지만 저녁 무렵이 되어 어두워지면
불을 켜잖아.
인생도 마찬가지야.
어두워지면 불을 켜면 돼.

"좋은 일이 일어날 것 같은 기분이 들어."
이렇게 말하면
기분이 순식간에 바뀌는 거라고.

그런데 대부분 사람은
나쁜 일이 일어나면
나쁜 말을 입에 담더라고.
"역시 나쁜 일이 일어났어."라고.

시바무라 에미코, 『가진 것이 없거든 이렇게 승부하라』 중에서 사람의 마음은 하루에 열두 번도 더 바뀐다고 합니다. 그런 까닭에 종잡을 수 없는 것이 사람의 마음인지도 모르겠습니다. 그러나 기왕에 바뀌는 마음이라면, 늘 긍정적이고 밝은 생각을 하는 것입니다. 긍정적인 생각은 삶을 빛나고 윤택하게 하지만, 부정적인 생각은 병을 가져오고 삶을 피폐하게 만듭니다. 그뿐만 아니라 다른 사람에게까지 전염되어 그 사람마저도 우울하게 만듭니다. 따라서 마음이 어두워질 때는 재빠르게 스위치를 켜서 밝은 불이 들어오도록 해야 합니다. 그런 다음 "나는 지금 행복해!"라고 큰소리로 외치는 것입니다.

비판 대신 칭찬하라

우리는 남을 비판하기는 쉬워도
칭찬해 주고 격려해 주기는
어려운 시대에 살고 있다.

다른 사람에 대한
무책임한 비난은
비수처럼 상대방의 가슴에
큰 상처를 남긴다.

한마디를 하더라도 책임 있게,
그리고 가능하면 따뜻한 사랑을 담아
전달할 줄 아는 사람이 그리운 요즘이다.

데이비드 J. 리버먼, 『나에게 분명 문제가 있다』 중에서

"위인들은 사상을 논하고, 보통 사람들은 사물을 논하고, 소인배들은 다른 사람에 관해 이야기한다."라는 말이 있습니다. 소인배가 아니라면 다른 사람을 중상모략해서 나 자신이 나아지지 않는다는 것쯤은 알고 있을 것입니다. 이런 까닭에 나 스스로 타인에 관한 관심을 부정적인 것에서 긍정적인 방향으로 바꾸어야 합니다. 특히 어떤 소문으로 인해 당사자가 당할 고통을 한 번만이라도 떠올려 본다면, 남을 함부로 비판하거나 평가하는 일은 삼가야 옳을 것입니다. 역으로 나 자신 역시 그런 대상이 될 수 있기 때문입니다.